暢銷
增修版

你也繪

50音

MP3

蔣孝佩 著

山田社

千呼萬喚《暢銷增修版-你也繪50音》強力再現！

蔣老師再次帶您進入假名的異想世界

★ 假名一起動手畫！調出記憶圖像，不怕背了又忘！

★ 小紅帽獨家口訣秒記法，誰說學50音沒有捷徑！

★ 學假名玩創意，就是要讓您第一次接觸日語，就愛上它！

開始喜歡日語，就是學好日語的開始！
發揮聯想力，才開始學就記在腦中，想忘也忘不掉！

第一次唸，就唸到位，快速打下口說、聽力基礎；

第一次寫，就寫的標準，精準穩固書寫實力！

在假名的異想世界裡，不止天馬行空學假名，也幫您拿到初級日語的入場券啦！

　　「你好，我叫王小明」和「你好，我是長得像『流得滑』的王小明」，一個月後你會記得哪個王小明呢？

　　研究顯示，圖像記憶是最合乎大腦運作的記憶方式，而你還在あああ…あ個不停，苦惱老是背不起來50音嗎？寫10次、唸10次，不如自己畫一張50音聯想圖。

　　親手完成的創意，才是無可取代的記憶。和蔣老師一起動手畫，調出大腦中的記憶圖像，只要畫面一浮現，假名就出現，這樣就不怕50音背了又忘啦！

異想世界的「6大」驚喜包 學50音就是這麼「順」！

▶ **開箱包：50音，原來如此！**
　了解50音來源，原來假名是從你會的中國字延伸而來的！

▶ **貼心包：有圖有真相**
　兔子的「兔」台語唸「to」，和50音的「と」發音一模一樣耶！想像一下「と」是不是就像一隻長耳兔呢？看蔣老師的50音天馬行空，用圖像聯想幫你記住50音！

▶ **實用包：1、2、3、4一起來！**
　50音越寫越「正」！跟著蔣老師一筆一畫練習寫寫看。

▶ **創意包：突破框架**
　你的50音聯想一定更有創意！諧音、故事、經驗、畫面通通搬出來，自己畫過記憶最深刻！

▶ 超值包：乘勝追擊

假名相關單字輔助學習，一個字配一張圖，加碼學、加深50音印象！

▶ 遊戲包：解悶、減壓必備聖品！

蔣老師不考試！特別為50音設計了幾款遊戲，用玩的就知道自己學會了沒！

異想世界「加碼送」

▶ 學習不用排rundown！

一盒口袋50音手卡，等人、等車、等廁所，讓手卡幫你殺時間！

▶ 會50音你就很夠看！

沒想到會50音，就有這麼多樂趣！本書附贈桌牌、名片、賀年卡，你也趕快試著做做看！

▶ 數字賓果好有趣，50音賓果更好玩！

邊玩邊學50音，比別人先記住，你就是賓果王啦！

　　學日文不用這麼嚴肅！堅強紮實的內容，也能在繪畫遊戲中學習。蔣老師帶你打開驚喜包，用有趣的方式認識假名、寫好假名，一同翱遊在假名的異想世界，讓你體驗日語好有創意；學好50音，讓你的生活充滿樂趣！

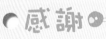

　　首先感謝我在日文的學習過程中，指導過我的所有老師們。還有我教過的學生們，有你們我才能在教學上，有更多嶄新的想法，讓自己日新月異。

　　當然，還有我的家人們，謝謝你們一路的陪伴。最後也要謝謝大原出版社，讓我有機會把抽象的想法具體化，成為這本書。希望這本書，能讓想每個學日文的人，都能有所收獲。

目錄
contents

Step 1

動一動
課前暖身操

【暖身一】自我介紹─自己紹介しましょう ◎ T-01

[1] 取個名字吧！

要學日文之前，先替自己製造一個日文空間吧！

有沒有曾在某一部日本電視劇中，聽到喜歡的日文名字呢？還是你想成為木村拓哉（たくや）、綾瀨遙（はるか）……等日本偶像呢？就算你沒有任何想法也無所謂，我從近年來日本取名排行中，挑選出來的這些名單，同時也是時下學生最愛的名字哦！保證可以讓你選一個自己最喜歡的名字。讓我們一起進入日文的空間吧！

 男生

えい た 瑛太 e.i.ta	つばさ 翼 tsu.ba.sa	りく 陸 ri.ku	あきら 旭 a.ki.ra
たくみ 匠 ta.ku.mi	そら 空 so.ra	まこと 誠 ma.ko.to	とおる 徹 to.o.ru

 女生

こころ 心 ko.ko.ro	み う 美羽 mi.u	あおい 葵 a.o.i	しず 静か shi.zu.ka
のぞみ 希 no.zo.mi	み お 未央 mi.o	み か 実花 mi.ka	る か 瑠可 ru.ka

たくみ

（詳見附錄：桌牌，P129）

[2] 自我介紹怎麼說？

取完了名字，有記住它的讀音嗎？要把它牢牢的記在腦海裡哦！因為接下來，你將要面臨一個大挑戰！你要跟身邊的同學、朋友自我介紹你的新身份哦！在下面的空格，填上你取好的名字吧！

初次見面

ha	ji	me	ma	shi	te
は	じ	め	ま	し	て
ㄏㄚˇ	ㄐㄧ	ㄇㄟ	ㄇㄚˇ	ㄒㄧˇ	ㄉㄟˇ

我叫做_____

wa	ta	shi	wa		de	su
わ	た	し	は	＿＿	で	す
ㄨㄚˇ	ㄉㄚ	ㄒㄧ	ㄨㄚ		ㄉㄟˇ	ㄙˇ

請多多指教

do	u	zo	yo	ro	shi	ku
ど	う	ぞ	よ	ろ	し	く
ㄉㄡˋ	～	ㄗㄡˇ	ㄧㄡˇ	ㄉㄡ	ㄒㄧ	ㄎㄨ

[3] 活動

等你練習到很熟練時，請跟身邊的同學朋友互相自我介紹吧！

在這之前，先發揮你的想像力，製作專屬於自己的名片吧！當你在跟別人自我介紹時，就可以跟別人交換囉！看看別人的名字，和你的名字有什麼不同呢？（詳見附錄：名片，P131）

把和你交換名片的同學名字寫下來吧！看你能記得幾個呢？能夠唸出來嗎？

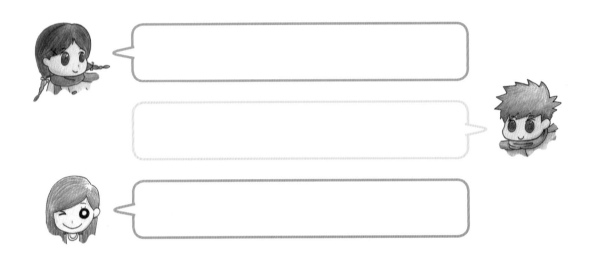

取名趣事

曾經有一個學生，我幫她取名做：「ほたる」(ho ta ru)，有點耳熟吧！就是綾瀨遙所飾演魚干女的名字「小螢」！結果，第一次上課點名時，那位學生居然唸成「ほ"て"る」(ho te ru)，雖然中間只差了一個音，但是意思卻差很多哦！原本可愛的「小螢」變成「飯店」了啦！大家唸自己的名字的時候，真的要小心哦！

1-2 【暖身二】認識日文文字

日文	漢　字	
	假　名	平假名
		片假名

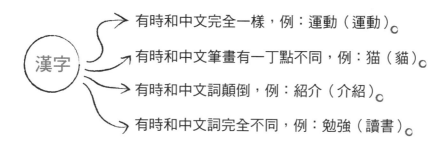

漢字
- 有時和中文完全一樣，例：運動（運動）。
- 有時和中文筆畫有一丁點不同，例：猫（貓）。
- 有時和中文詞顛倒，例：紹介（介紹）。
- 有時和中文詞完全不同，例：勉強（讀書）。

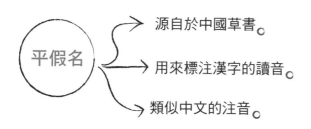

平假名
- 源自於中國草書。
- 用來標注漢字的讀音。
- 類似中文的注音。

片假名
- 源自於中國楷書的一部分。
- 用來標外來語。

1-3

【暖身三】認識日文重音 ━━◉ T-02

[1] 第日文重音簡單分為兩種，試著想像一下船在海面上的樣子吧！

平板調

平靜的海平面

起伏調

前方有瀑布！我要掉下去了！

[2] 起伏調又可細分成三種，可聯想成瑜珈姿勢喔！

頭高

中高

尾高

蔣老師
小叮嚀

除了頭高音之外，其餘的第一個音皆要微降。

10

[3] 平板調 V.S. 起伏調 - 尾高型

　　兩者在單獨發音時，完全一樣。但若是後面加了助詞，就會現出原形喔！
（如下圖用紅色標示的地方）。

分類		說明	舉例
平板調		沒有下降的音	⓪も も も も　は
起伏調	頭高型	第一個音之後下降	①も も も も　は ↓
	中高型	第二個音之後下降	②も も も も　は ↓
			③も も も も　は ↓
	尾高型	最後一個音之後下降	④も も も も　は ↓

ノート

Step 2

平假名
練習畫畫看

① 50 音的「行」跟「段」

50音表的行跟段順序要記熟喔！以後學文法的時候會超好用的！

> ## 小紅帽50音口訣秒記法
>
> 小紅帽，他拿著 ㄏㄚˊ ㄇㄚˋ，用牙齒咬不動，用手拉也拉不出來，只好用湯匙挖。

快來跟小紅帽一起吃蛤蠣（ㄏㄚˊ ㄇㄚˋ）！注意一下圖片中橘色的假名，並配合右頁清音表一起記口訣喔！

小紅帽
あかさん

他拿著 ㄏㄚˊ ㄇㄚˋ
た　な　　は　　ま

用牙咬不動
や

用手拉也拉不出來
ら

只好用湯匙挖
わ

② 清音表

清音表

● ◎ T-03

	あ（ア）段	い（イ）段	う（ウ）段	え（エ）段	お（オ）段
あア 行	あ（ア） a	い（イ） i	う（ウ） u	え（エ） e	お（オ） o
かカ 行	か（カ） ka	き（キ） ki	く（ク） ku	け（ケ） ke	こ（コ） ko
さサ 行	さ（サ） sa	し（シ） shi	す（ス） su	せ（セ） se	そ（ソ） so
たタ 行	た（タ） ta	ち（チ） chi	つ（ツ） tsu	て（テ） te	と（ト） to
なナ 行	な（ナ） na	に（ニ） ni	ぬ（ヌ） nu	ね（ネ） ne	の（ノ） no
はハ 行	は（ハ） ha	ひ（ヒ） hi	ふ（フ） fu	へ（ヘ） he	ほ（ホ） ho
まマ 行	ま（マ） ma	み（ミ） mi	む（ム） mu	め（メ） me	も（モ） mo
やヤ 行	や（ヤ） ya		ゆ（ユ） yu		よ（ヨ） yo
らラ 行	ら（ラ） ra	り（リ） ri	る（ル） ru	れ（レ） re	ろ（ロ） ro
わワ 行	わ（ワ） wa				を（ヲ） o
					ん（ン） n

あ
【a】

安 ▸ ▸

假名
是這樣來的！

聯想一下

聯想 啊～～

提示 被刀刺穿的魚發出慘叫聲：「啊～～」

蔣老師畫給你看

你也繪這個假名

練習寫寫看！

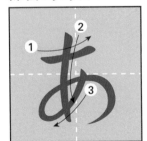

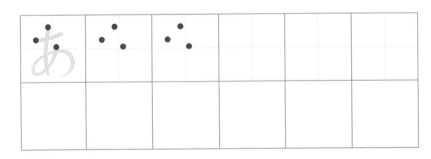

注意紅色圓圈的地方，寫錯了喔！

① 不可以出頭

② 要往右彎一點點

③ 不要彎太多

【i】

以 ▸ ▸ い

聯想一下

聯想　衣服的「衣」

提示　剛好是衣服的二邊袖子呢！

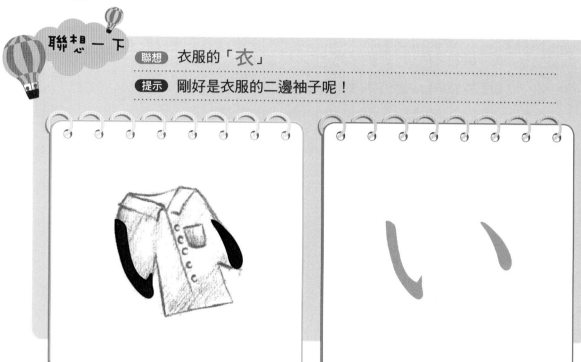

蔣老師畫給你看

你也繪這個假名

練習寫寫看！

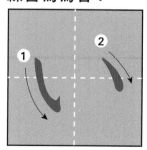

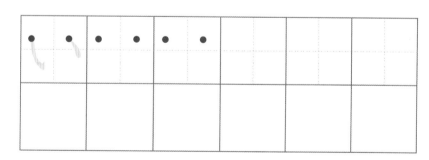

注意紅色圓圈的地方，寫錯了喔！

① 不要勾

② 要打勾

③ 太長了

17

【u】

宇 ▸ 字 ▸ う ⚑ 假名 是這樣來的！

聯想一下

> 聯想 搗耳朵的「搗」
>
> 提示 要被針刺到了！快把耳朵搗起來！

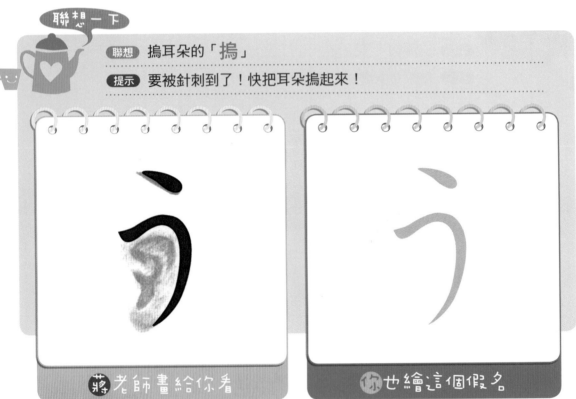

蔣老師畫給你看　　　　　你也繪這個假名

練習寫寫看！

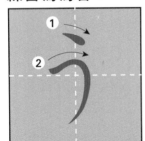

注意紅色圓圈的地方，寫錯了喔！

 要像頓號一樣

 要往左彎收尾

 直接往右寫 再下彎即可

え 【e】

衣 ▸  ▸ え

假名
是這樣來的！

聯想一下

聯想 「ㄟ～」等等我！

提示 是不是很像正在追趕公車的樣子呢？

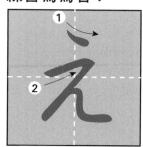

蔣老師畫給你看

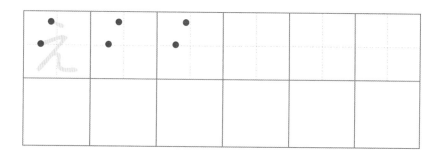

你也繪這個假名

練習寫寫看！

注意紅色圓圈的地方，寫錯了喔！

 ❶ 要回筆使之重疊

 ❷ 太長了

 ❸ 不能分成兩筆劃寫

お 【o】

於 ▶ お ▶ お

假名
是這樣來的！

聯想一下

聯想 喔（挖的台語）到寶的「喔」

提示 用鏟子挖到一顆閃亮亮的寶石！

蔣老師畫給你看

你也繪這個假名

練習寫寫看！

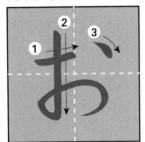

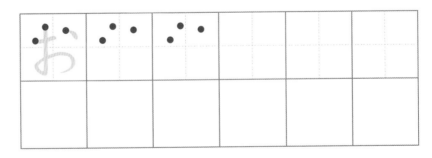

注意紅色圓圈的地方，寫錯了喔！

 點太高了

 圈太大了

 要圓圓的

行單字

愛 ①
a.i
愛情

会う ①
a.u
見面

言う ⓪
i.u
說

家 ②
i.e
房子

上 ⓪
u.e
上面

絵 ①
e
圖畫

● 練習問題

將下列咖啡杯上的羅馬拼音，寫上正確的日文平假名。

iu

ao

e

ai

ie

au

ue

か 【ka】

加 ▸ 加 ▸ か

假名
是這樣來的！

聯想一下

聯想 卡打車（腳踏車的台語）的「卡」

提示 一個背包客正在騎腳踏車。包包很重，要用「力一點」喔！

蔣老師畫給你看

你也繪這個假名

練習寫寫看！

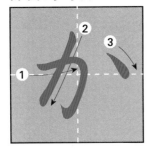

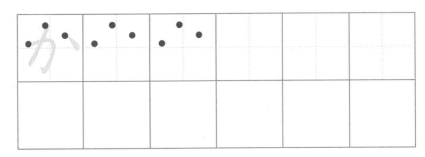

注意紅色圓圈的地方，寫錯了喔！

要有弧度

點太低了

太長了

き
【ki】

幾 ▸ 筮 ▸ き

🔰 假名
是這樣來的！

Step
2

平假名**練習畫畫看**‧か行

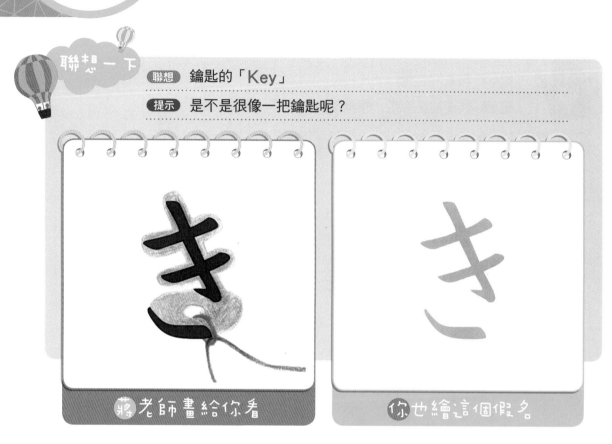

聯想一下

聯想 鑰匙的「Key」

提示 是不是很像一把鑰匙呢？

蔣老師畫給你看

你也繪這個假名

練習寫寫看！

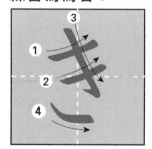

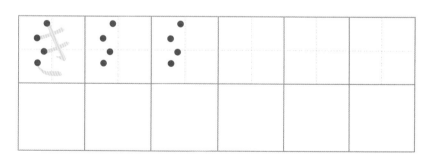

注意紅色圓圈的地方，寫錯了喔！

❶ 不是直的，
要微微往右

❷ 可勾可不勾，
但別勾錯方向！

❸ 不要打勾

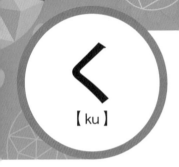

【ku】

久 ▶ ㇀ ▶ く

🀄 假名
是這樣來的！

聯想一下

聯想 枯萎的「枯」

提示 快要枯萎的花，腰桿都挺不直了…不要「哭」～

蔣老師畫給你看

你也繪這個假名

練習寫寫看！

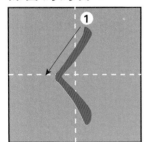

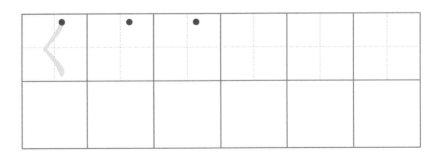

注意紅色圓圈的地方，寫錯了喔！

 角度要大一點

 太長了喔！

 太短了

け
【ke】

聯想一下

聯想 K.O.的「K」

提示 拳擊手一拳就把對手K.O.了！

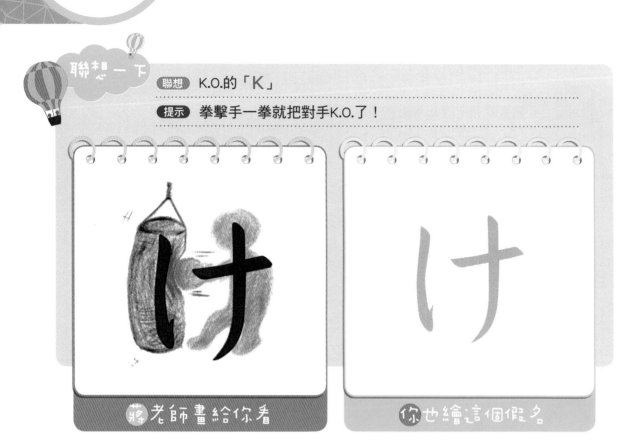

蔣老師畫給你看

你也繪這個假名

練習寫寫看！

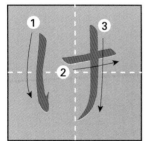

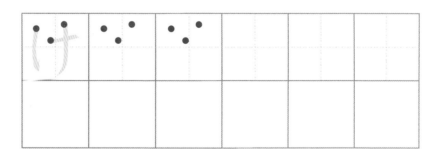

注意紅色圓圈的地方，寫錯了喔！

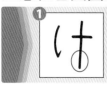 要往左微彎

 不要彎太多

 不可以連起來

【ko】

己 ▸ ▸

假名
是這樣來的！

聯想一下

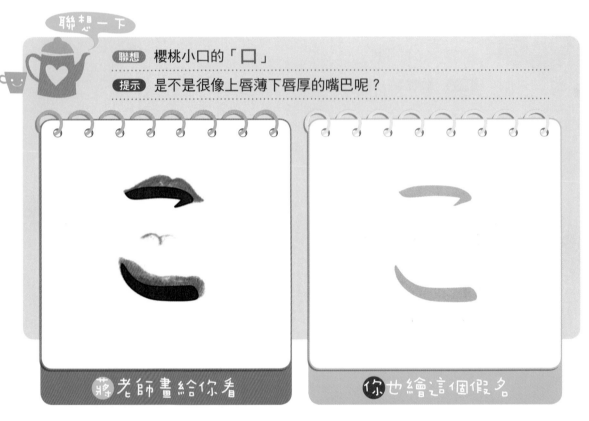

聯想 櫻桃小口的「口」

提示 是不是很像上唇薄下唇厚的嘴巴呢？

蔣老師畫給你看

你也繪這個假名

練習寫寫看！

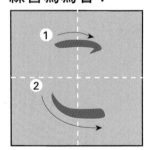

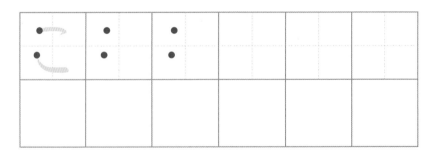

注意紅色圓圈的地方，寫錯了喔！

 太接近了

 不要太彎

 要有弧度，並
且微微向下彎

か行單字

かお **顔** ⓪ ka.o  臉	かき **柿** ⓪ ka.ki  柿子	あき **秋** ① a.ki  秋天
えき **駅** ① e.ki  車站	いく **行く** ⓪ i.ku  去（某場所）	いけ **池** ② i.ke  池塘

● 練習問題

大家來找碴！找一找か、き、く、け、こ各有幾個呢？

❶ か_{k a} ＿＿＿＿ 個

❷ き_{k i} ＿＿＿＿ 個

❸ く_{k u} ＿＿＿＿ 個

❹ け_{k e} ＿＿＿＿ 個

❺ こ_{k o} ＿＿＿＿ 個

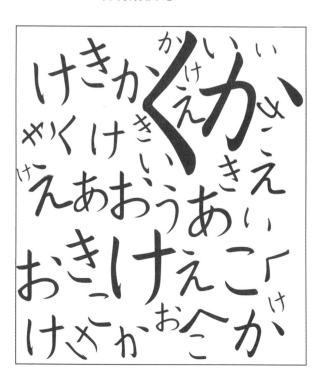

さ
【sa】

左 ▶ ▶ さ

🏮 假名
是這樣來的！

聯想一下

🫖 **聯想** 櫻花灑落的「灑」

提示 從櫻花樹上灑下了一片花瓣。

蔣老師畫給你看

你也繪這個假名

練習寫寫看！

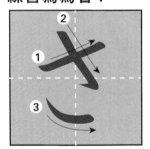

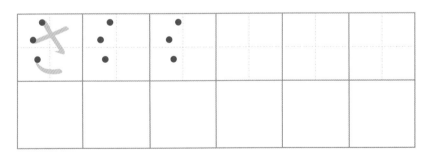

注意紅色圓圈的地方，寫錯了喔！

❶ 不是直的，要微微往右

❷ 不要打勾

❸ 可勾可不勾，但別勾太多

【shi】

 之 ▶ ▶ し

聯想一下

聯想 吸氣的「吸」

提示 像不像鼻子呢？來！吸氣～

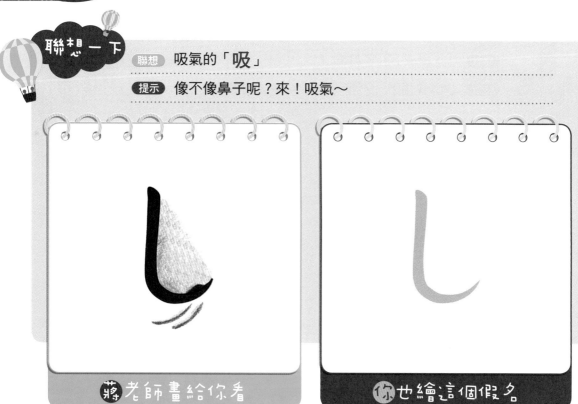

蔣老師畫給你看

你也繪這個假名

練習寫寫看！

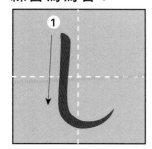

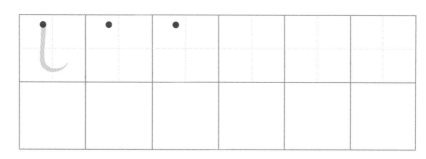

注意紅色圓圈的地方，寫錯了喔！

 要圓圓的，不要有角度

 要再往上彎一點

 彎太多了

【su】

寸 ▸ 寸 ▸ す

🌐 假名
是這樣來的！

聯想一下

聯想 「ㄙ～」肚子好痛～

提示 孕婦快生了，不禁發出「ㄙ～」的聲音。

蔣老師畫給你看

你也繪這個假名

練習寫寫看！

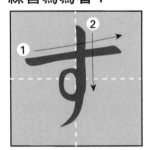

注意紅色圓圈的地方，寫錯了喔！

1 要往下彎

2 打圈後，沿著
圓圈往下

3 不要分成兩
筆劃寫

【se】

世 ▶ ゼ ▶ せ

聯想一下

聯想 say改（世界的台語）的「**say**」

提示 「せ」就是從「世」變來的喔！

蔣老師畫給你看

你也繪這個假名

練習寫寫看！

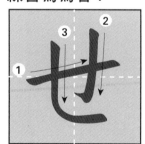

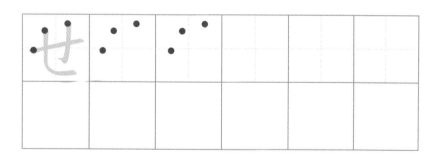

注意紅色圓圈的地方，寫錯了喔！

 不要打勾　　　 太短了　　　 太長了

【so】

曾 ▸  ▸

☯ 假名
是這樣來的！

聯想一下

聯想 pencil的「搜」

提示 就像鉛筆側邊的輪廓。

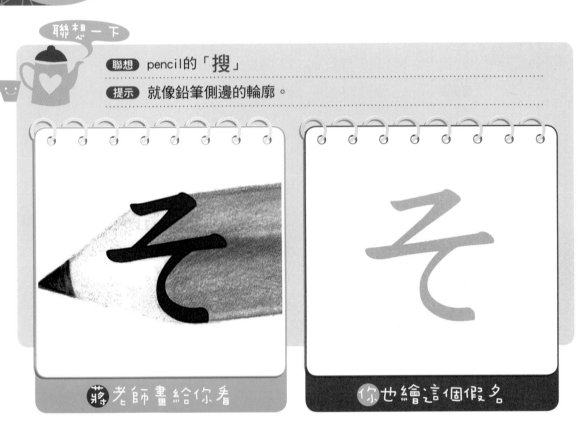

蔣老師畫給你看

你也繪這個假名

練習寫寫看！

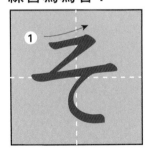

注意紅色圓圈的地方，寫錯了喔！

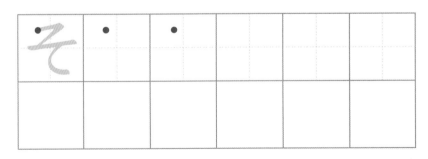

❶ 要迴筆　❷ 要再往下彎　❸ 彎太多了

さ

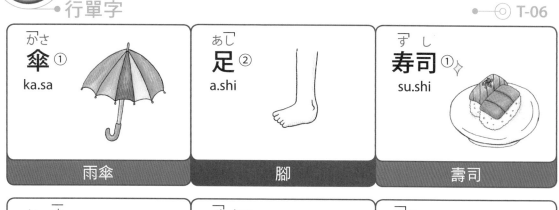

かさ **傘** ① ka.sa	あし **足** ② a.shi	すし **寿司** ①✧ su.shi
雨傘	腳	壽司

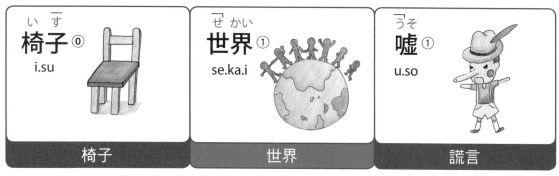

いす **椅子** ⓪ i.su	せかい **世界** ① se.ka.i	うそ **嘘** ① u.so
椅子	世界	謊言

練習問題

完成美美的星空圖吧！天空上的流星究竟會怎麼飛呢？將正確的虛線連起來。

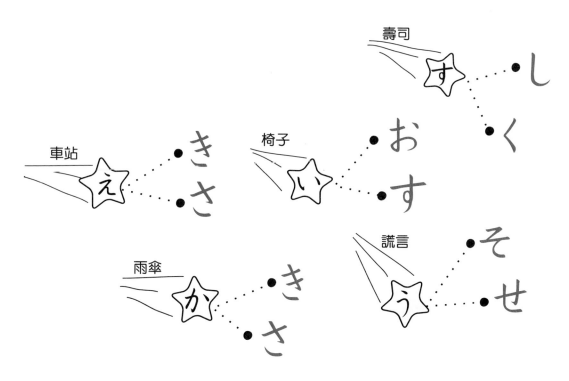

壽司 す ・し ・く

車站 え ・き ・さ

椅子 い ・お ・す

雨傘 か ・き ・さ

謊言 う ・そ ・せ

【ta】

太 ▸ を ▸ た

假名是這樣來的！

聯想一下

聯想 坍塌的「塌」

提示 落石坍塌了，救命啊！

蔣老師畫給你看

你也繪這個假名

練習寫寫看！

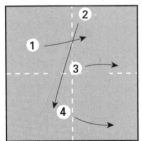

注意紅色圓圈的地方，寫錯了喔！

❶ 不可以連在一起

❷ 要有弧度

❸ 不是直的，要微微往左

ち
【chi】

知 ▶  ▶ ち

假名
是這樣來的！

聯想一下

聯想 草莓的日文就是 i「chi」go

提示 「ち」就像一顆美味的草莓。

蔣老師畫給你看

你也繪這個假名

練習寫寫看！

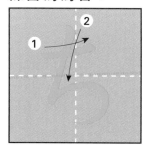

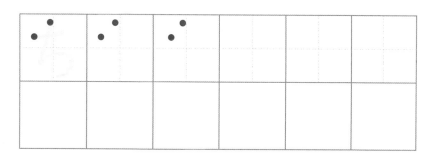

注意紅色圓圈的地方，寫錯了喔！

 ① 不是直的，要微微往左

 ② 要出頭

 ③ 要圓圓的

35

【tsu】

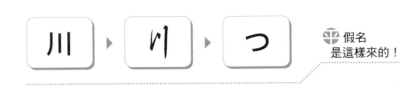
川 ▸ 川 ▸ つ

假名
是這樣來的！

聯想一下

聯想　我要把你吃掉的「吃」

提示　像不像大野狼的嘴巴呢？

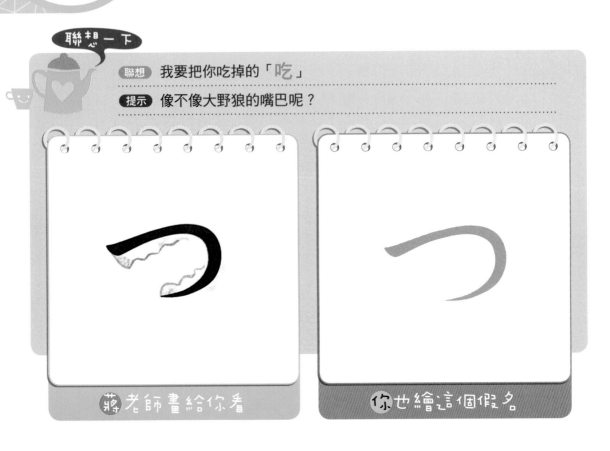

蔣老師畫給你看　　　你也繪這個假名

練習寫寫看！

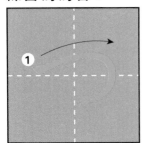

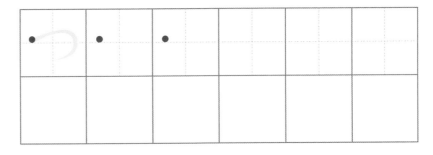

注意紅色圓圈的地方，寫錯了喔！

要圓圓的，
不要有角度

開口錯邊了

太長了

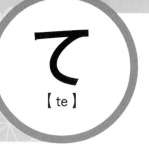

て
【te】

天 ▶ て ▶ て

聯想一下

聯想 手的日文就是「te」

提示 打開右手，有看到「て」在你手心嗎？

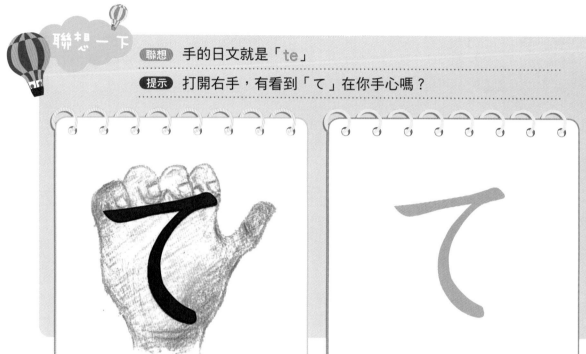

蔣老師畫給你看　　　　你也繪這個假名

練習寫寫看！

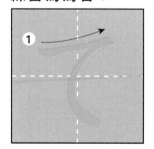

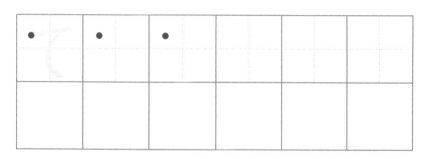

注意紅色圓圈的地方，寫錯了喔！

 要迴筆

 要再往下彎一點

 彎太多了

と
【 to 】

止 ▶ ▶ と

假名
是這樣來的！

聯想一下

聯想 偷阿（兔子的台語）的「偷」

提示 多可愛的小兔子啊！

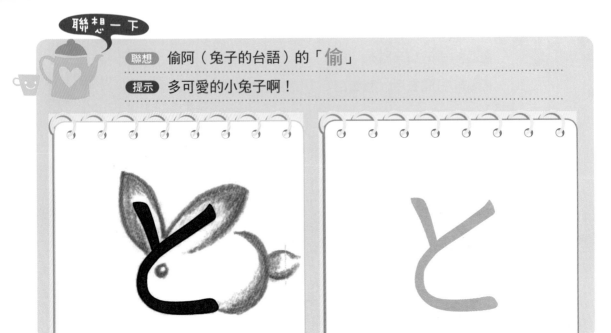

蔣老師畫給你看　　　　你也繪這個假名

練習寫寫看！

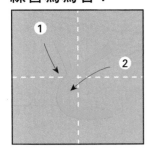

注意紅色圓圈的地方，寫錯了喔！

不是直的，要
微微往右斜

不可以出頭

要圓圓的

た

行單字

うた 歌 ② ♪〜 u.ta	くち 口 ⓪ ku.chi	つくえ 机 ⓪ tsu.ku.e
歌曲	嘴巴	桌子

て 手 ① te	くつ 靴 ② ku.tsu	そと 外 ① so.to
手	鞋子	外面

● 練習問題

墨水被弄倒了！重要的文件泡湯了！怎麼辦？幫忙找出原來文件上的單字吧！

な
【na】

奈 ▶ 奈 ▶ な

✤ 假名
是這樣來的！

聯想一下

聯想 拿破崙的「拿」

提示 還記得歷史課本上拿破崙的英姿嗎？

蔣老師畫給你看

你也繪這個假名

練習寫寫看！

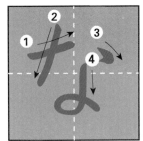

注意紅色圓圈的地方，寫錯了喔！

 ① 要寫偏左邊一點

 ② 收筆不要往左彎

 ③ 不是直的，要微微往左撇

に
【ni】

仁 ▸ に ▸ に

 假名
是這樣來的！

 聯想一下

聯想 肉的日文就是「ni」ku

提示 看上去真像是支令人垂涎欲滴的大雞腿～

蔣老師畫給你看

你也繪這個假名

練習寫寫看！

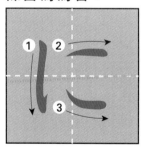

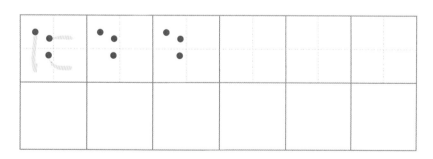

注意紅色圓圈的地方，寫錯了喔！

 **1** 要有點圓弧

 2 不要勾太多

 3 要有點圓弧

 **ぬ**【nu】

奴 ▸ ▸ ぬ

🈁 假名
是這樣來的！

聯想一下

聯想 狗的日文就是i「nu」

提示 有隻憤怒的狗趴在那，好可怕！

蔣老師畫給你看

你也繪這個假名

練習寫寫看！

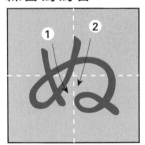

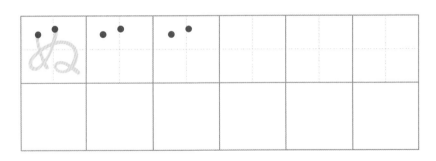

注意紅色圓圈的地方，寫錯了喔！

① 要出頭	② 寫太高了	③ 圓圈太大

ね
【ne】

祢 ▸ 祢、 ▸ ね

聯想一下

聯想　貓的日文就是「ne」ko

提示　多優雅的一隻小貓咪啊！

蔣老師畫給你看

你也繪這個假名

練習寫寫看！

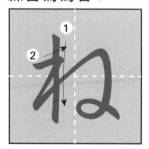

注意紅色圓圈的地方，寫錯了喔！

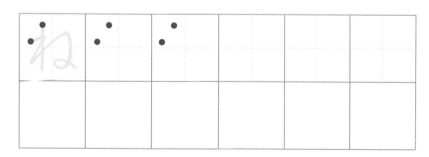

1 要連在一起

2 不可以連在一起

3 不可以太尖

【no】

乃 ▶ ▶ の

假名
是這樣來的！

聯想一下

聯想 No smoking的「no」

提示 是不是常看到這樣的禁煙標誌呢？

蔣老師畫給你看　　你也繪這個假名

練習寫寫看！

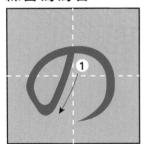

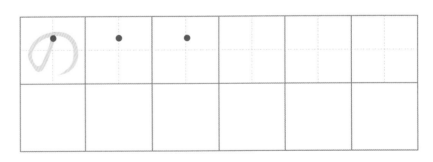

注意紅色圓圈的地方，寫錯了喔！

1 不是直的，
要微微往左

2 太小了

3 要連起來

な

● 行單字

● ◎ T-08

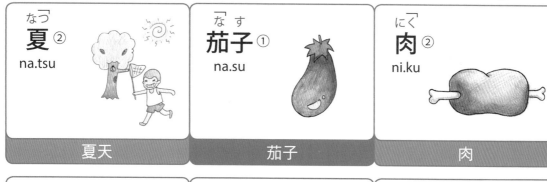

なつ 夏 ② na.tsu	な す 茄子 ① na.su	にく 肉 ② ni.ku
夏天	茄子	肉

いぬ 犬 ② i.nu	ねこ 猫 ① ne.ko	いのしし 猪 ③ i.no.shi.shi
狗	貓	山豬

● 練習問題

配合題，將左邊的日文和右邊的中文意思，一個一個連起來吧！

なつ	●	●	山豬
にく	●	●	茄子
いぬ	●	●	夏天
ねこ	●	●	肉
いのしし	●	●	狗
なす	●	●	貓

は
【ha】

波 ▸ 皮 ▸ は

假名
是這樣來的！

聯想一下

聯想 哈利波特的「哈」

提示 左邊的掃帚加上右邊的帽子和袍子，就是哈利波特啦！

蔣老師畫給你看

你也繪這個假名

練習寫寫看！

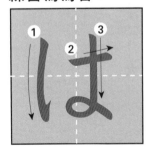

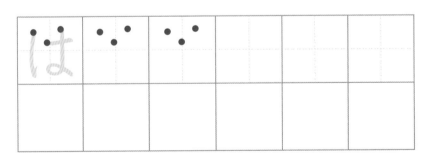

注意紅色圓圈的地方，寫錯了喔！

圓圈太大了

要出頭

圓圈不可以
往左偏

ひ
【hi】

| 比 | ▶ | らひ | ▶ | ひ |

🈂️ 假名
是這樣來的！

Step **2**

平假名 **練習畫畫看** · は行

聯想一下

聯想 火的日文就是「hi」

提示 是不是很像火焰燃燒的樣子呢？

將老師畫給你看

你也繪這個假名

練習寫寫看！

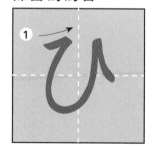

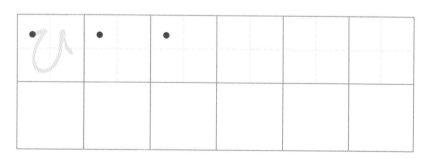

注意紅色圓圈的地方，寫錯了喔！

1 要比左邊略低

2 彎太多了

3 要圓圓的，不可以有角度

【fu】

不 ▸ ▸ 假名
是這樣來的！
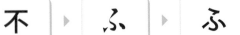

聯想一下

聯想 富士山的「富」

提示 就像一座好美的富士山。富士山的日文就是「fujisan」喔！

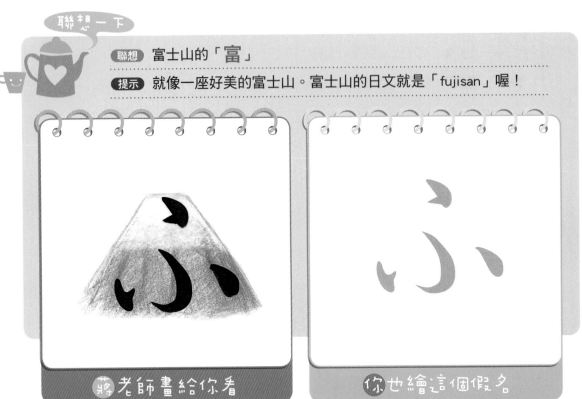

蔣老師畫給你看

你也繪這個假名

練習寫寫看！

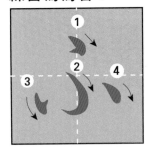

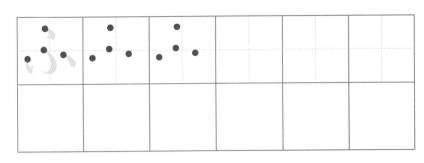

注意紅色圓圈的地方，寫錯了喔！

不是直的，
要有點圓弧

要像頓號一樣

是往左彎才對

【 he 】

部 ▸ ▸ へ

聯想 hair（頭髮的英文）的「嘿」

提示 像不像瀏海呢？

蔣老師畫給你看

你也繪這個假名

練習寫寫看！

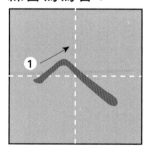

注意紅色圓圈的地方，寫錯了喔！

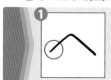 太長了

② 不要彎曲

③ 角度太小，
而且太尖了

ほ【ho】

保 ▸ 泺 ▸ ほ

假名是這樣來的！

聯想一下

聯想 美猴王的「猴」

提示 拿著金箍棒的美猴王好威風啊！

蔣老師畫給你看　　　你也繪這個假名

練習寫寫看！

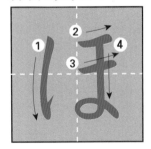

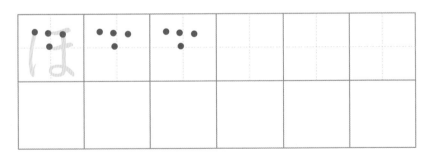

注意紅色圓圈的地方，寫錯了喔！

 圈圈太大

 不要往下拉太長

 不能出頭

は

行單字

はな
鼻 ⓪
ha.na
鼻子

ひこうき
飛行機 ②
hi.kô.ki
飛機

さいふ
財布 ⓪
sa.i.fu
錢包

ふく
服 ②
fu.ku
衣服

へそ
臍 ⓪
he.so
肚臍

ほし
星 ⓪
ho.shi
星星

練習問題

找找看吧！裡面藏了多少單字呢？把你學過的單字，全部都圈出來吧！

か	さ	あ	た	ほ
は	い	い	し	え
へ	ふ	く	せ	き
う	そ	か	つ	の
い	ぬ	う	ね	こ

ま
【ma】

末 ▸ 末 ▸ ま

假名
是這樣來的！

聯想一下

聯想　馬的日文就是u「ma」

提示　像不像馬頭的側面呢？

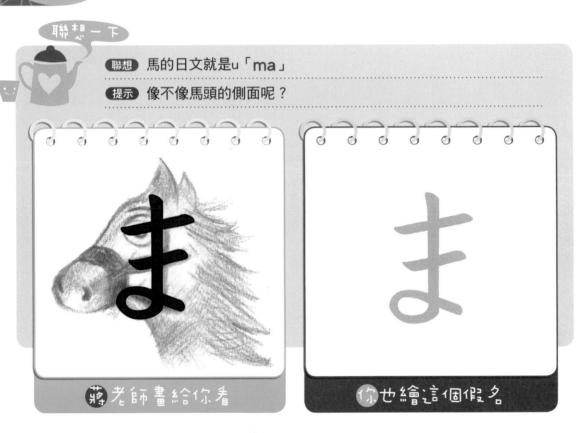

蔣老師畫給你看

你也繪這個假名

練習寫寫看！

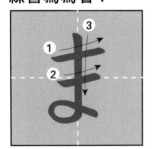

ま	∴	∴			

注意紅色圓圈的地方，寫錯了喔！

① 不要往左偏

② 筆劃太短了

③ 筆劃不夠長

み
【mi】

聯想一下

聯想 糜鹿的「糜」

提示 背著禮物的糜鹿是小朋友們的最愛。

蔣老師畫給你看

你也繪這個假名

練習寫寫看！

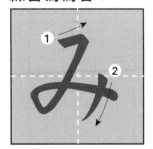

注意紅色圓圈的地方，寫錯了喔！

① 要寫平平的

② 太長了

③ 要打圈

む
【mu】

武 ▸ む ▸ む

🈂 假名
是這樣來的！

聯想一下

> **聯想** 樹木的「木」
>
> **提示** 中間的圈圈就像是年輪，右上角那一點就像落葉一般。

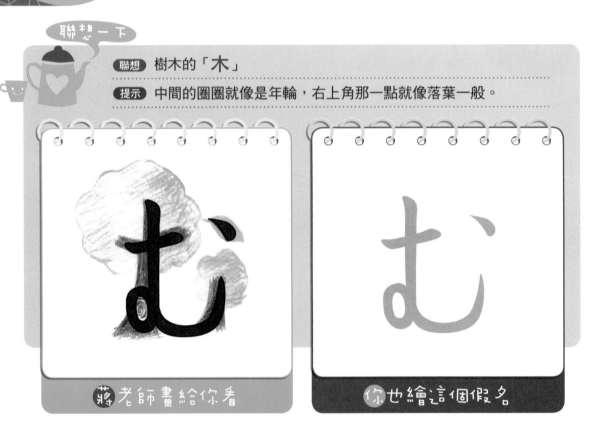

蔣老師畫給你看

你也繪這個假名

練習寫寫看！

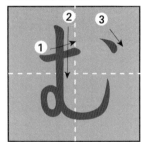

注意紅色圓圈的地方，寫錯了喔！

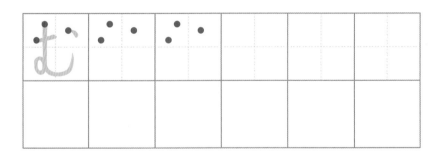

① 點太低了　　**②** 要出頭　　**③** 點太高了

め
【 me 】

聯想一下

聯想　烏龜的日文就是ka「me」

提示　一隻四腳朝天的烏龜，真可憐！

蔣老師畫給你看　　　　　你也繪這個假名

練習寫寫看！

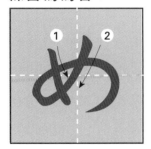

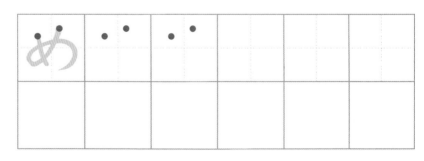

注意紅色圓圈的地方，寫錯了喔！

 彎太多

 要出頭

 太彎了

55

も
【mo】

 ▸ ▸

平假名
是這樣來的！

聯想一下

聯想　毛的台語就是「mo」

提示　是不是很像一隻毛毛蟲呢？

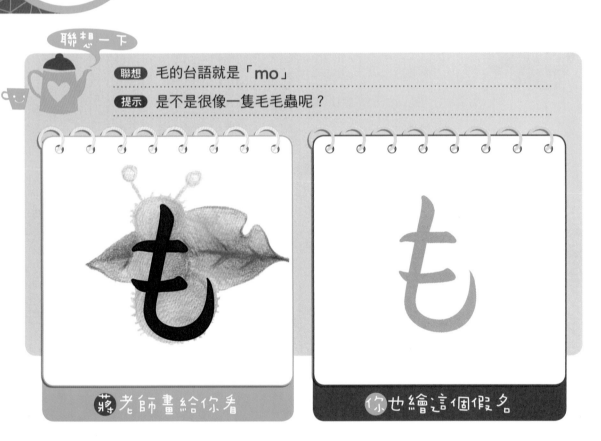

蔣老師畫給你看　　　　你也繪這個假名

練習寫寫看！

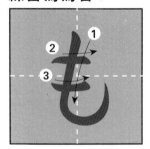

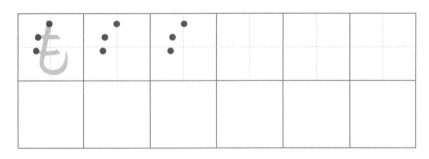

注意紅色圓圈的地方，寫錯了喔！

不可以彎

多一筆

要出頭

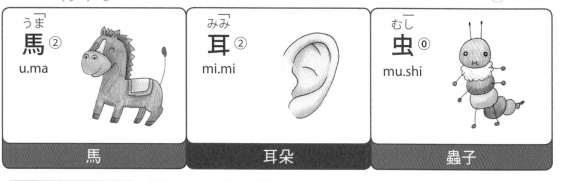

うま **馬** ② u.ma	みみ **耳** ② mi.mi	むし **虫** ⓪ mu.shi
馬	耳朵	蟲子

め **目** ① me	すもう **相撲** ⓪ su.mo.u	きもの **着物** ⓪ ki.mo.no	あめ **雨** ① a.me
眼睛	相撲	和服	雨

練習問題

搶救大作戰！
帆船被大浪破壞了！同時，又出現一隻可怕的鯊魚！把海上的浮木連接起來，幫助他重建帆船吧！不趕緊搭上船，就會被鯊魚吃掉囉！

按照以下的順序，才能連接喔！

例：眼睛→1.馬→2.耳朵

→3.雨→4.相撲

（一個字母連接一個字母）

Help!

57

や
【ya】

 也 ▸ や ▸ や 假名
是這樣來的！

聯想一下

聯想 醜小鴨的「鴨」

提示 很像醜小鴨的頭吧！

蔣老師畫給你看 ・ 你也繪這個假名

練習寫寫看！

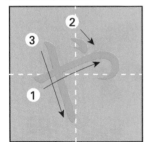

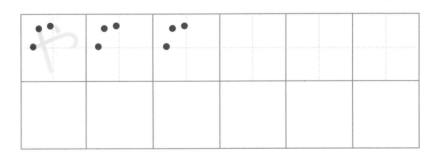

注意紅色圓圈的地方，寫錯了喔！

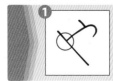 要出頭

 要彎下來

 不可以彎曲

ゆ
【yu】

由 ▶ ゆ ▶ ゆ

假名
是這樣來的！

聯想 一下

聯想 ucc的「u」

提示 像不像咖啡的拉花呢？來一杯ucc咖啡暖暖身子吧！

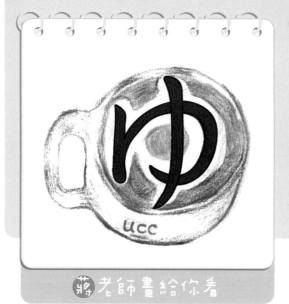
蔣老師畫給你看

你也繪這個假名

練習寫寫看！

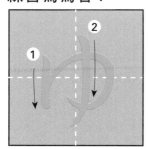

注意紅色圓圈的地方，寫錯了喔！

不可以連起來

要往左彎

太長了

よ
【yo】

与 ▸ 與 ▸ よ

假名
是這樣來的！

聯想 游泳的「游」

提示 一個人跳入水中奮力游泳的樣子。

蔣老師畫給你看

你也繪這個假名

練習寫寫看！

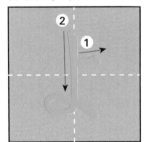

注意紅色圓圈的地方，寫錯了喔！

左邊不可以
出頭

要寫在右邊

多寫一筆

や 行單字

やま
山 ②
ya.ma

山

へ や
部屋 ②
he.ya

房間

や たい
屋台 ①
ya.ta.i

路邊攤

ゆき
雪 ②
yu.ki

雪

ゆ か た
浴衣 ⓪
yu.ka.ta

浴衣

つよ い
強い ②
tsu.yo.i

強的

練習問題

填字遊戲，依照提示問題，完成以下表格。

直的問題

1. 參加夏日祭典時，會穿什麼呢？
2. 弱的相反詞是什麼？
3. 身上穿的統稱什麼？
4. 搭火車時要去哪裡等車？
5. 什麼動物臉長長的，有白色、黑色、棕色的。
6. 夜市常看到什麼呢？

橫的問題

一、冬天可以看到什麼？白色的、冰冰的。
二、睡覺的地方
三、山的日文怎麼說？
四、午休通常會趴睡在哪裡呢？
五、下雨要帶什麼？
六、出門要把拖鞋換成什麼？

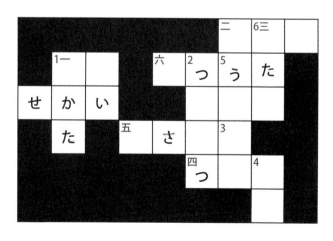

【ra】

良 ▸ ▸ ら

 假名
是這樣來的！

聯想一下

聯想　拉環的「拉」

提示　搭乘大眾運輸工具時，記得要抓緊拉環喔！

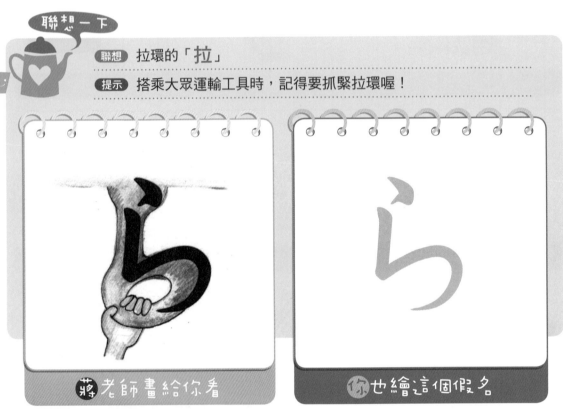

蔣老師畫給你看

你也繪這個假名

練習寫寫看！

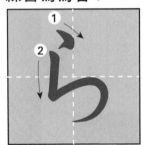

ら			

注意紅色圓圈的地方，寫錯了喔！

 要像頓號一樣

 要圓圓的，不可以有角度

 彎太多了

り
【ri】

| 利 | ▶ |  | ▶ | り |

㊖ 假名是這樣來的！

聯想一下

聯想　蘋果的日文就是「ri」ngo

提示　切開蘋果，你就會發現「り」在裡頭喔！

蔣老師畫給你看

你也繪這個假名

練習寫寫看！

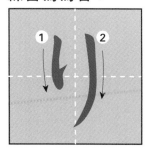

注意紅色圓圈的地方，寫錯了喔！

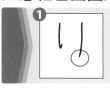 **1** 不夠長

 2 要往左微彎

 3 要微彎並且打勾

る
【ru】

留 ▶ ▶ る

聯想一下

聯想 嚕車車的「嚕」

提示 去超市購物時，是不是有這樣推過購物車呢？

蔣老師畫給你看

你也繪這個假名

練習寫寫看！

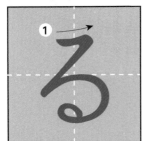

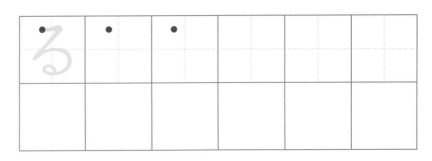

注意紅色圓圈的地方，寫錯了喔！

不可以出頭

太長了

不可以彎曲

れ
【re】

礼 ▸ 礼 ▸ れ

🔰 假名
是這樣來的！

聯想一下

聯想 累趴的「累」

提示 上班上課一整天，大家是否都累趴在地了呢？

蔣老師畫給你看

你也繪這個假名

練習寫寫看！

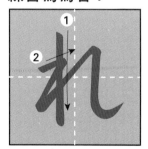

注意紅色圓圈的地方，寫錯了喔！

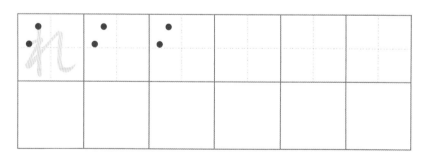

1  要連在一起　**2** 太長了　**3** 不可以打圈

65

【ro】

呂 ▸ ▸ ろ

假名
是這樣來的！

聯想一下

聯想 rody的「ro」

提示 小時候有玩過跳跳馬嗎？他叫作「rody」喔！

蔣老師畫給你看

你也繪這個假名

練習寫寫看！

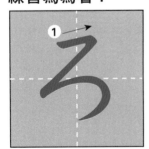

注意紅色圓圈的地方，寫錯了喔！

 不可以打圈

 要再往左彎
一點

 彎太多了

ら 行單字

さくら 桜⓪ sa.ku.ra 櫻花	まつり 祭り⓪ ma.tsu.ri 祭典	くすり 薬⓪ ku.su.ri 藥

くるま 車⓪ ku.ru.ma 車子	れきし 歴史⓪ re.ki.shi 歷史	よろしく⓪ yo.ro.shi.ku 多多指教

練習問題

單字接龍，每一個字的最後一個字母，是下一個字的開頭喔！

1 あい ⇒ いえ ⇒ え_____
　　a i　　　i e　　　e

2 _____か ⇒ かさ ⇒ さ_____ら
　　　　ka　　　kasa　　　sa　　　ra

3 いう ⇒ う_____ ⇒ _____ _____
　　i u　　u

4 せかい ⇒_____ _____ ⇒ _____ _____ _____
　　s e k a i

67

わ 【wa】

和 ▸ わ ▸ わ

假名是這樣來的！

聯想一下

聯想 挖土機的「挖」

提示 就像一台挖土機正在運作的樣子。

蔣老師畫給你看　　　你也繪這個假名

練習寫寫看！

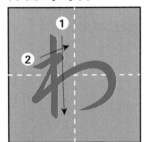

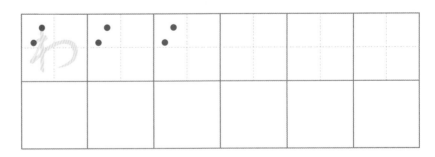

注意紅色圓圈的地方，寫錯了喔！

 不可以打圈

 不可以彎進去

 不是向外勾

を
【o】

遠 ▶ 遠 ▶ を

🔰 假名
是這樣來的！

聯想一下

聯想 歐都拜（機車的台語）的「歐」

提示 上方是不是很像機車的龍頭呢？

蔣老師畫給你看　　你也繪這個假名

練習寫寫看！

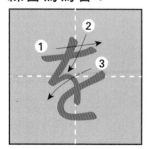

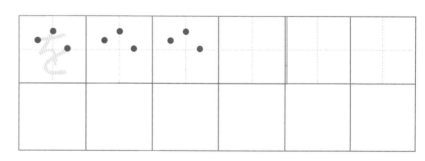

注意紅色圓圈的地方，寫錯了喔！

 太短了

 要往下彎

 要出頭

69

ん
【n】

假名是這樣來的！

聯想一下

聯想 嗯嗯的「嗯」

提示 就像一個人在蹲廁所的樣子。嗯…

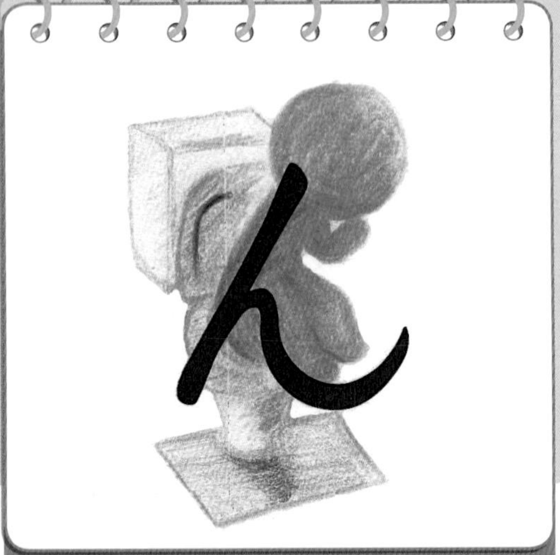

蔣老師畫給你看

你也繪這個假名

練習寫寫看！

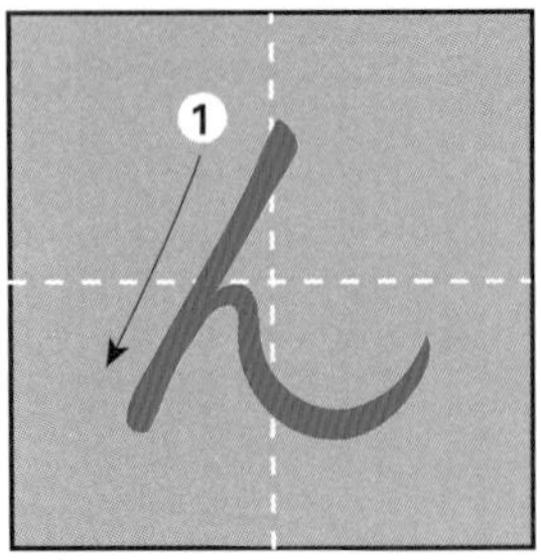

注意紅色圓圈的地方，寫錯了喔！

1. 不是直的，要微微往左斜

2. 不可以分兩筆寫

3. 要圓圓的，不可以有角度

わ●行單字

平假名 **練習畫畫看**・わ行、ん

かわいい	こわい	しわ
可愛い ③	**怖い** ②	**皺** ⓪
ka.wa.i.i	ko.wa.i	shi.wa
可愛的	可怕的	皺紋

わに	あんしん	かんたん
鰐 ①	**安心** ⓪	**簡単** ⓪
wa.ni	a.n.shi.n	ka.n.ta.n
鰐魚	安心	簡單的

● **練習問題**

幫助小女孩走出五十音迷宮，按照五十音順序走完迷宮吧！只能走直的或橫的，不能走斜的喔！

き	へ	と	な	に	ん
さ	つ	て	も	ぬ	を
た	ち	く	る	ね	の
そ	し	さ	い	ぬ	は
せ	す	こ	け	は	ひ
た	お	さ	く	へ	ふ
か	ち	か	き	ほ	て
え	え	お	み	ま	も
い	う	あ	む	め	わ
あ	う	よ	や	も	ん
え	こ	よ	ゆ	わ	を
ん	り	ら	り	ろ	ね
り	る	い	る	れ	る

Start →

ノート

Step 3

濁音、半濁音

濁音 ─◎ T-14

在清音的右上角加上「點點」就變成濁音了！

濁音共有四行→「が、ざ、だ、ば」行。

 濁音表

	あ（ア）段	い（イ）段	う（ウ）段	え（エ）段	お（オ）段
か（カ）行	が（ガ） ga	ぎ（ギ） gi	ぐ（グ） gu	げ（ゲ） ge	ご（ゴ） go
さ（サ）行	ざ（ザ） za	じ（ジ） ji	ず（ズ） zu	ぜ（ゼ） ze	ぞ（ゾ） zo
た（タ）行	だ（ダ） da	ぢ（ヂ） ji	づ（ヅ） zu	で（デ） de	ど（ド） do
は（ハ）行	ば（バ） ba	び（ビ） bi	ぶ（ブ） bu	べ（ベ） be	ぼ（ボ） bo

 半濁音 ─◎ T-14

在清音的右上角加上「圈圈」就變成半濁音了！只有一行→「ぱ」行。

半濁音表

は（ハ）行	ぱ（パ） pa	ぴ（ピ） pi	ぷ（プ） pu	ぺ（ペ） pe	ぽ（ポ） po

蔣老師
小叮嚀

有二組是雙胞胎喔！
「じ」和「ぢ」都是發「ji」的音。
「ず」和「づ」都是發「zu」的音。

1 單字大變身 ● ─◉ T-15

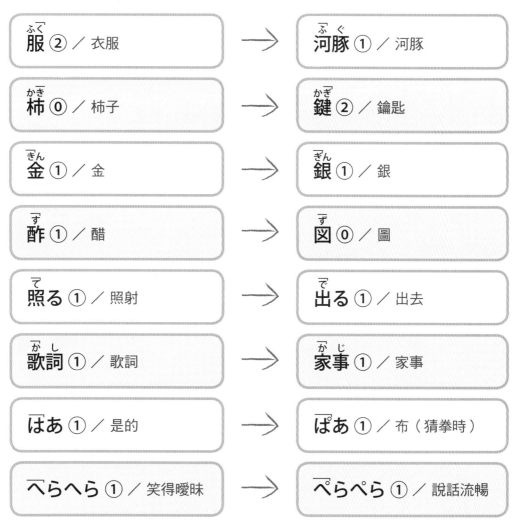

服② ／ 衣服 → 河豚① ／ 河豚

柿⓪ ／ 柿子 → 鍵② ／ 鑰匙

金① ／ 金 → 銀① ／ 銀

酢① ／ 醋 → 図⓪ ／ 圖

照る① ／ 照射 → 出る① ／ 出去

歌詞① ／ 歌詞 → 家事① ／ 家事

はあ① ／ 是的 → ぱあ① ／ 布（猜拳時）

へらへら① ／ 笑得曖昧 → ぺらぺら① ／ 說話流暢

2 聽力練習 ● ─◉ T-16

請把聽到的單字打勾，例：□かし　☑かじ。

❶ □へらへら　□ぺらぺら　　❹ □てる　□でる

❷ □かき　□かぎ　　❺ □はあ　□ぱあ

❸ □ふく　□ふぐ　　❻ □す　□ず

3 十二星座 ⦿ T-17

你也練習説説自己的星座吧！日文的星座都是～～～～座（ざ）喔！

蔣先生：「わたし は 獅子座 です。」

蔣老師：「我是獅子座。」

 換你説！

わたし は ＿＿＿＿ です。

山羊座 ⓪／魔羯座	水瓶座 ⓪／水瓶座
魚座 ⓪／雙魚座	牡羊座 ⓪／牡羊座
牡牛座 ⓪／金牛座	双子座 ⓪／雙子座
蟹座 ⓪／巨蟹座	獅子座 ⓪／獅子座
乙女座 ⓪／處女座	天秤座 ⓪／天秤座
蠍座 ⓪／天蠍座	射手座 ⓪／射手座

Step 4

特殊音

4-1 ●拗音● ─◎ T-18

　　拗音是由「i 段音」（即き、し、ち…等），加上1／2
小的「や」「ゆ」「よ」組合而成的。例如：

き ki	や ya	きゃ kya

有點類似中文的注音
（例如：ㄓㄨㄥ=中）

拗音表

きゃ（キャ） kya	きゅ（キュ） kyu	きょ（キョ） kyo
ぎゃ（ギャ） gya	ぎゅ（ギュ） gyu	ぎょ（ギョ） gyo
しゃ（シャ） sya	しゅ（シュ） syu	しょ（ショ） syo
じゃ（ジャ） ja	じゅ（ジュ） ju	じょ（ジョ） jo
ちゃ（チャ） cha	ちゅ（チュ） chu	ちょ（チョ） cho
にゃ（ニャ） nya	にゅ（ニュ） nyu	にょ（ニョ） nyo
ひゃ（ヒャ） hya	ひゅ（ヒュ） hyu	ひょ（ヒョ） hyo
びゃ（ビャ） bya	びゅ（ビュ） byu	びょ（ビョ） byo
ぴゃ（ピャ） pya	ぴゅ（ピュ） pyu	ぴょ（ピョ） pyo
みゃ（ミャ） mya	みゅ（ミュ） myu	みょ（ミョ） myo
りゃ（リャ） rya	りゅ（リュ） ryu	りょ（リョ） ryo

蔣老師
小叮嚀

　　拗音的寫法要注意喔！右邊的やゆよ只能是左邊的1／2。

1 單字大變身 ⊙ T-19

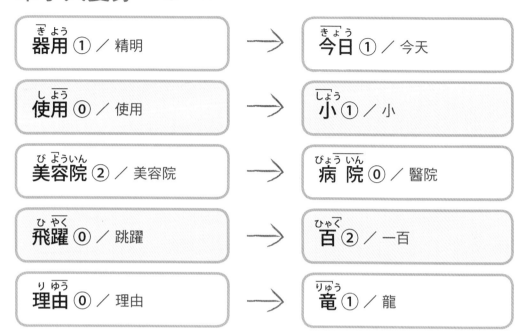

器用 ① ／ 精明 → 今日 ① ／ 今天

使用 ⓪ ／ 使用 → 小 ① ／ 小

美容院 ② ／ 美容院 → 病院 ⓪ ／ 醫院

飛躍 ⓪ ／ 跳躍 → 百 ② ／ 一百

理由 ⓪ ／ 理由 → 竜 ① ／ 龍

2 聽力練習 ⊙ T-20

請把聽到的單字打勾，例：□ しよう ☑ しょう。

❶ □きよう　□きょう

❷ □びょういん　□びょういん

❸ □りゆう　□りゅう

❹ □ひやく　□ひゃく

3 認識數字 ⊙ T-21

[1] 數字的基本

れい・ゼロ	いち	に	さん	よん	ご	ろく	なな	はち	きゅう	じゅう
〇	一	二	三	四	五	六	七	八	九	十
①	②	①	⓪	①	①	②	①	②	①	①

❶ 在唸月份時，有些月份有不同的唸法，四要唸作（し①）七要唸作（しち②）九則要唸作（く①）。

❷ 一般唸電話號碼時，為了避免一（いち）、四（し）和七（しち），以及九（く）和六（ろく）傻傻聽不清楚，所以會用四（よん）、七（なな）、九（きゅう）。

日文十以上的數字很簡單，跟中文的數字差不多喔！大部份只要先記住一到十，剩下的就輕輕鬆鬆會講囉！例如：

以此類推，所以十五＝？寫寫看吧！

這樣一來，年底倒數時，你就可以用日文來倒數囉！ご、よん、さん、に、いち！Happy new year!

[2] 數字大挑戰

馬上就來試試電話號碼的講法吧！以手機號碼為例：0922-946-011

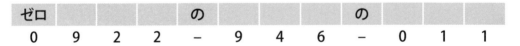

ゼロ				の			の			
0	9	2	2	–	9	4	6	–	0	1	1

要跟大家強調的是「0」唸法為「ゼロ」，也可以唸成「れい」；「－」的唸法為「の」。試著用下面的句型講看看自己的電話號碼吧！

換你說！

わたし の 電話番号 は ＿＿＿＿＿＿ です。

④ 認識顏色 ── ◎ T-22

蒋先生：「わたし は 青 が すき です。」
あお

蒋老師：「我喜歡藍色。」

你喜歡什麼顏色呢？你也說說自己喜歡的顏色吧！

わたし は ＿＿＿＿ が すき です。

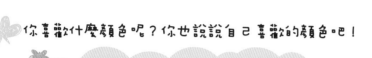

1	2	3	4	5
① 赤 あか	① 青 あお	① 黒 くろ	① 白 しろ	① 緑 みどり

6	7	8	9	
⓪ 茶色 ちゃいろ	② 紫 むらさき	⓪ 黄色 きいろ	⓪ 灰色 はいいろ	

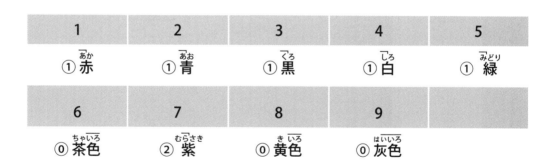

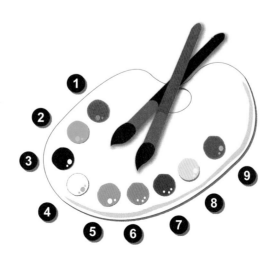

4-2 促音

　　促音就是1／2的「つ」。促音本身不發音，但它也佔了一拍喔！所以當你看到它時，記得要憋氣一拍，再唸下一個音。可以想像一下打隔的樣子喔！

蔣老師小叮嚀

拗音的寫法要注意喔！記得要寫1／2小。

1 單字大變身 • ◎ T-23

せけん 世間①／社會	→ せっけん 石鹼⓪／肥皂
ぶか 部下①／使用	→ ぶっか 物価⓪／物價
さか 坂②／斜坡	→ さっか 作家⓪／作家
みつ 蜜①／蜂蜜	→ みっ 三つ③／三個
にし 西⓪／西邊	→ にっし 日誌⓪／日誌
おと 音②／聲響	→ おっと 夫⓪／丈夫

2 **聽力練習** ── ◎ T-24

請把聽到的單字打勾,例: □おと ☑おっと。

① □せけん　□せっけん　　　**③** □さか　□さっか

② □にし　□にっし　　　　　**④** □ぶか　□ぶっか

 3 **練習一下** ── ◎ T-25

到底有幾個呢?大つ小つ有分清楚嗎?

1個	②ひとつ	6個	③むっつ
2個	③ふたつ	7個	②ななつ
3個	③みっつ	8個	③やっつ
4個	③よっつ	9個	②ここのつ
5個	②いつつ	10個	①とお

 4-3 **鼻音**

鼻音就像是英文的[n]的感覺,通常是接在其他假名的後面,寫成「ん」,不會單獨出現。

 蔣老師
小叮嚀

當你唸到鼻音單字時,摸摸看你的鼻子是不是有在振動呢?

① 單字大變身 • T-26

え 絵 ① ／ 圖畫	→	えん 円 ① ／ 日圓
き 木 ① ／ 樹木	→	ぎん 金 ① ／ 金
か じ 火事 ① ／ 火災	→	かん じ 漢字 ⓪ ／ 漢字
こ や 小屋 ⓪ ／ 棚子	→	こん や 今夜 ① ／ 今晚
なに 何 ① ／ 什麼	→	なんにん 何人 ① ／ 幾個人
かた 肩 ① ／ 肩膀	→	かんたん 簡単 ⓪ ／ 簡單的

② 聽力練習 • T-27

請把聽到的單字打勾，例：□え ☑えん。

❶ □かじ □かんじ

❷ □なに □なんにん

❸ □かた □かんたん

❹ □き □きん

③ 練習一下 • T-28

人數是多少呢？去餐廳時，別講錯人數囉！

1人	②ひとり		6人	②ろくにん
2人	③ふたり		7人	②ななにん
3人	③さんにん		8人	②はちにん
4人	②よにん		9人	①きゅうにん
5人	②ごにん		10人	①じゅうにん

4-4 長音 • T-29

　　長音就是把前一個音拉長一拍。在唸中文的時候，音是否有拉長意思並不會改變，但是日文的音拉長與否意思就會不同。當二個相同的母音接在一起時，便會產生長音。例如：

お｜か(ka)｜＋｜あ(a)｜さん ＝ おかあさん(ka～)

長 音 規 則		舉 　 例
あ段音	＋あ	お母さん② ／ 媽媽
い段音	＋い	お兄さん② ／ 哥哥
う段音	＋う	空気① ／ 空氣
え段音	＋え	お姉さん② ／ 姊姊
	＋い	先生③ ／ 老師
お段音	＋お	氷⓪ ／ 冰塊
	＋う	お父さん② ／ 爸爸

蔣老師小叮嚀

只要把稱謂背起來就學會大部分的長音囉！

① 單字大變身 ── ⊙ T-30

おばさん ⓪ ／ 阿姨	→	おばあさん ② ／ 奶奶
おじさん ⓪ ／ 叔叔	→	おじいさん ② ／ 爺爺
お菓子 ② ／ 點心	→	おかしい ③ ／ 好笑的
家 ② ／ 房子	→	いいえ ③ ／ 不是
雪 ② ／ 雪	→	勇気 ① ／ 勇氣
そこ ⓪ ／ 那裡	→	倉庫 ① ／ 倉庫
取る ① ／ 拿	→	通る ① ／ 通過
世界 ① ／ 世界	→	正解 ⓪ ／ 正確答案

② 聽力練習 ── ⊙ T-31

請把聽到的單字打勾，例：□おばさん ☑おばあさん。

❶ □せかい　□せいかい　　　　❸ □おかし　□おかしい

❷ □とる　□とおる　　　　　　❹ □ゆき　□ゆうき

が行 【ga】 ━━● 練習寫寫看

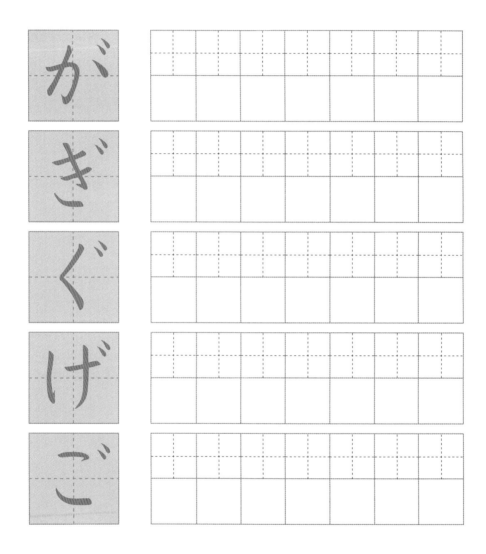

ざ行【za】 ● 練習寫寫看

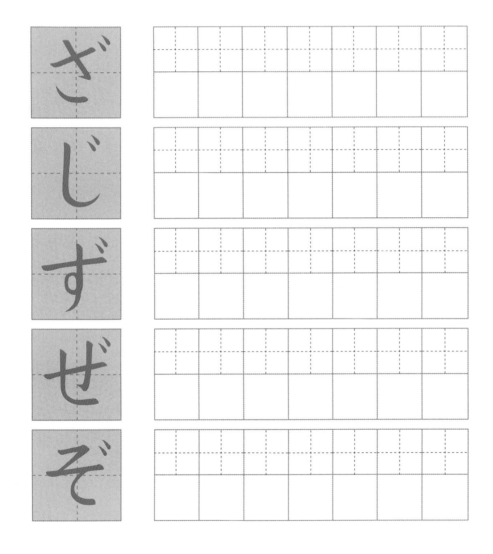

だ行
【da】

● **練習寫寫看**

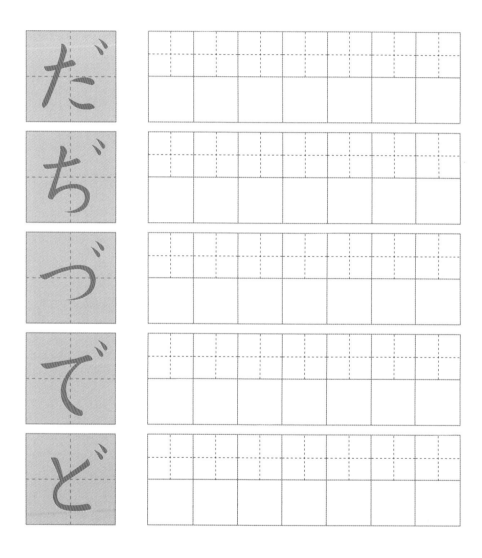

ば行【ba】 ー● 練習寫寫看

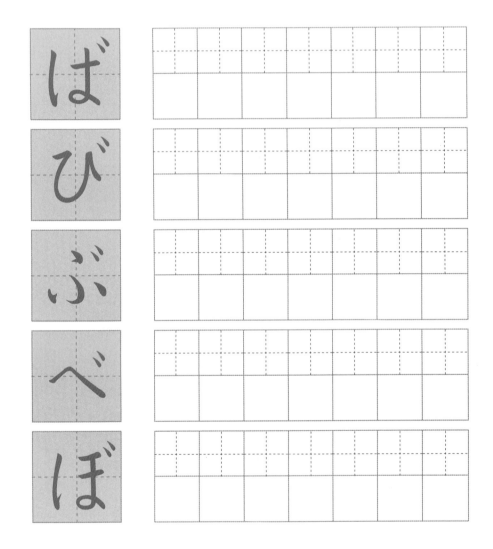

ぱ行
【pa】

● 練習寫寫看

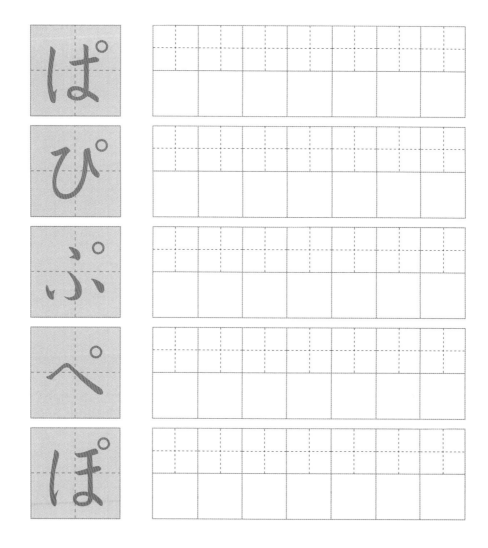

拗音  ● 練習寫寫看

や	き	ゅ	う								

う	ん	て	ん	し	ゅ						

び	ょ	う	い	ん							

じ	て	ん	し	ゃ							

し	ゃ	し	ん								

 促音 —● 練習寫寫看

き	っ	さ	て	ん							

さ	っ	か									

け	っ	こ	ん								

せ	っ	け	ん								

き	っ	て									

お	か	あ	さ	ん							

お	に	い	さ	ん							

ゆ	う	じ	ん								

せ	ん	せ	い								

お	お	き	い								

Step 5

片假名
練習寫寫看

1 片假名分類記憶法

[1] 雙胞胎兄弟組

平假名	片假名		平假名	片假名
り	V.S.	リ	へ	V.S.	へ

[2] 我是你的一部分

平假名		片假名	平假名		片假名
か	V.S.	カ	ね	V.S.	ネ
き	V.S.	キ	の	V.S.	ノ
せ	V.S.	セ	め	V.S.	メ
な	V.S.	ナ	も	V.S.	モ
に	V.S.	ニ	や	V.S.	ヤ
ぬ	V.S.	ヌ	れ	V.S.	レ

[3] 硬是要和中文扯上關係

這個假名和中文部首的人字旁根本一模一樣！人都要穿衣服，就能聯想到「イ」喔！

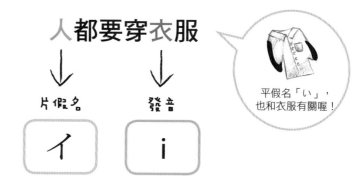

才

喔（o）！你真的太有「才」了！所以這個字要記得唸 o 喔！

シ

這個假名是不是很像中文部首的三點水呢？還記得 し 像鼻子嗎？所以可以聯想成鼻子會流鼻「水」，所以三點水就是「シ」喔！

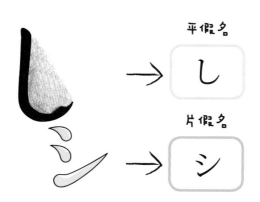

夕　這個片假名是不是長得和中文的「夕」字很像呢？太陽落下就是夕陽了！所以你只要想到「太」陽，就可以聯想到 ta 的發音囉！

太陽變夕陽了

↓　　　↓

發音　　片假名

| ta | 夕 |

チ　大家想必都看過宮崎駿的動畫吧！其中一部非常有名的，還是以台灣的九份為背景的動畫，叫做神隱少女，裡面的女主角，叫千尋，千就是唸 chi，所以以後看到這個字時，就請大家想想可愛的千尋吧！

片假名　　發音

千尋 → | チ | chi |

ト　記得平假名「と」是畫成一隻的兔（台語 to）子嗎？也許之後會有最新型的兔子占「卜」法喔！

兔子占卜法

↓　　　↓

發音　　片假名

| to | ト |

[4] 圖像想像記憶

 還記得平假名「つ」，是大野狼的大嘴巴嗎？除了要小心牠的大嘴巴之外，還要小心牠有鋒利的爪子喔！牠的爪痕是不是很像「ツ」呢？

片假名

→ ツ

 這個字在日文裡，就是笑聲的一種喔！看看圖中笑臉側面嘴巴，是不是就像 **fu** 這個片假名呢？

片假名

→ フ

ア 行
【a】

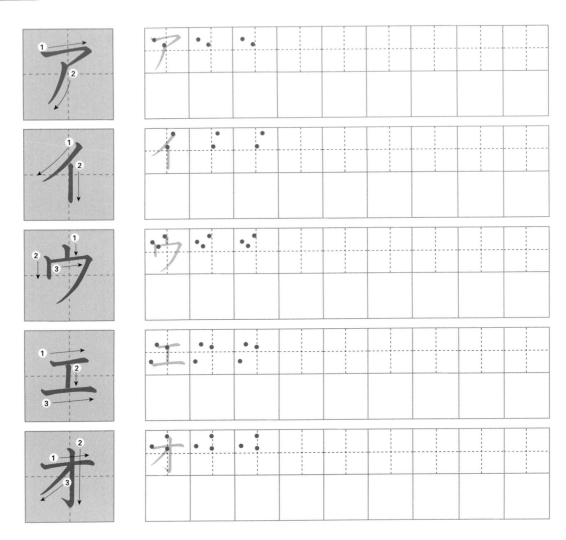

単字練習

アイ【eye】 ① ／ 眼睛

イア【ear】 ① ／ 耳朵

ウエア【wear】 ② ／ 衣服

ウエー【way】 ② ／ 方向

エア【air】 ① ／ 空氣

カ 行 【ka】

T-33

力

キ

ク

ケ

コ

單字練習

カー 【car】 ① ／ 車

キー 【key】 ① ／ 鑰匙

ケーキ 【cake】 ① ／ 蛋糕

オーケー 【ok】 ① ／ 沒問題

ココア 【cocoa】 ① ／ 可可

サ 行
【sa】

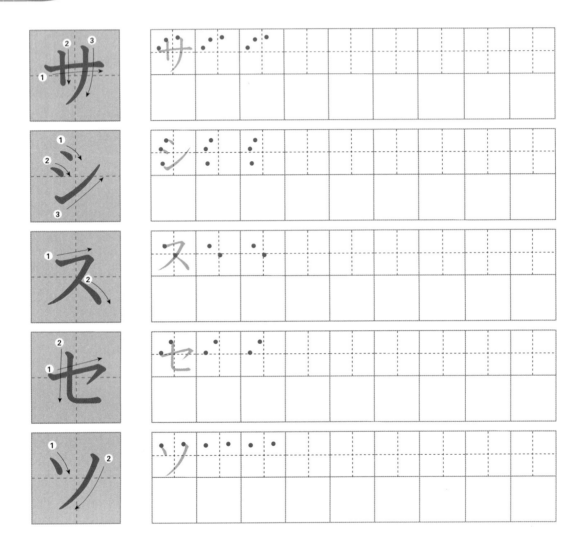

單字練習

アイス【ice】① ／ 冰

スイス【suisse】① ／ 瑞士

キス【kiss】① ／ 親吻

シーソー【seesaw】① ／ 蹺蹺板

ソース【sauce】① ／ 醬料

タ 行 【ta】

● ─○ T-35

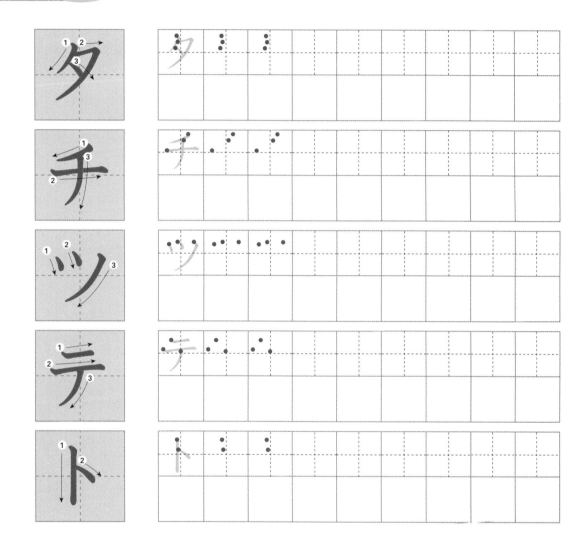

單字練習

セーター【sweater】 ① ／ 毛衣

カーテン【curtain】 ① ／ 窗簾

テスト【test】 ① ／ 考試

コート【coat】 ① ／ 大衣

ドア【door】 ① ／ 門

103

ナ 行
【na】

T-36

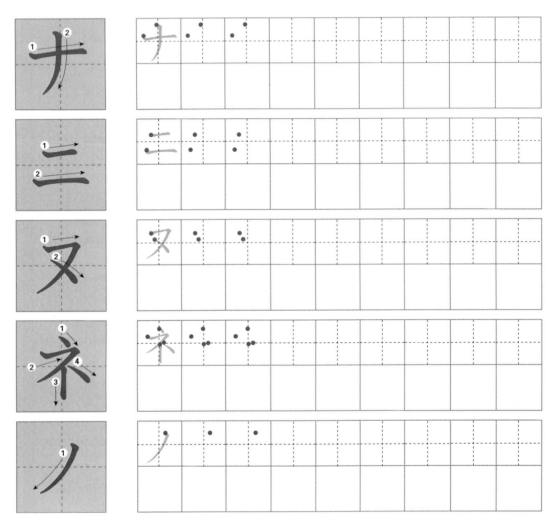

單字練習

ナース【nurse】 ① ／ 護士

テニス【tennis】 ① ／ 網球

ネクタイ【necktie】 ①
／ 領帶

ノイズ【noise】 ① ／ 噪音

ノート【note】 ① ／ 筆記本

ハ行【ha】

●—◎ T-37

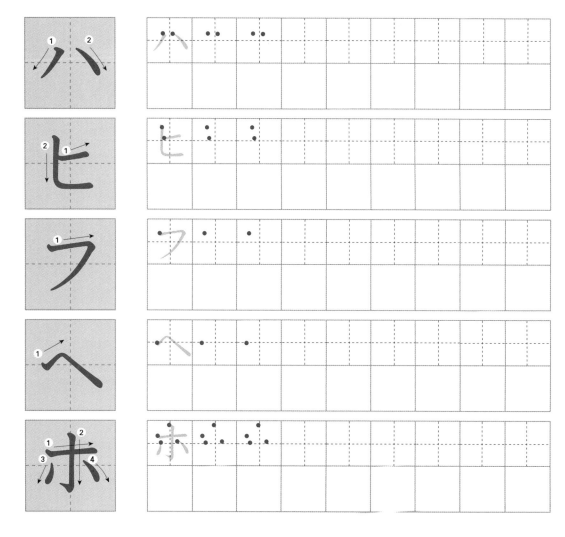

單字練習

コーヒー【coffee】 ③
／ 咖啡

ピアノ【piano】 ⓪ ／ 鋼琴

ベッド【bed】 ① ／ 床

ホテル【hotel】 ① ／ 飯店

ポスター【poster】 ①
／ 海報

マ 行
【ma】

T-38

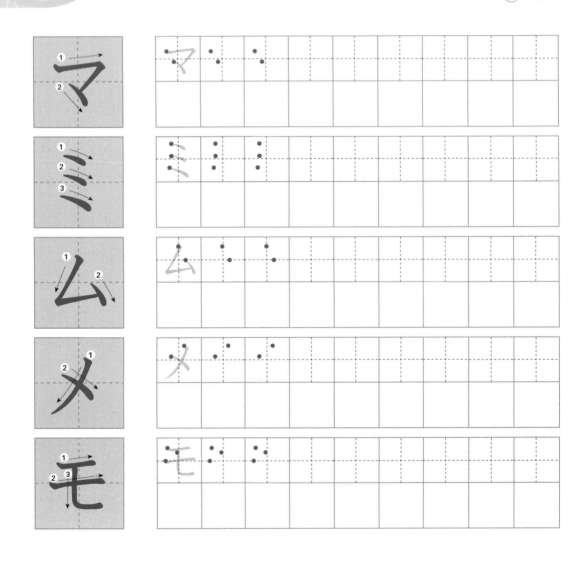

單字練習	マスク【mask】 ①／口罩	ガム【gum】 ①／口香糖
	トマト【tomato】 ①／蕃茄	メモ【memo】 ①／便條紙
	マウス【mouse】 ①／滑鼠	

ヤ行【ya】

T-39

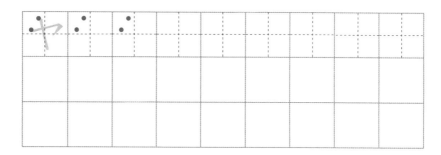

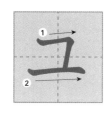

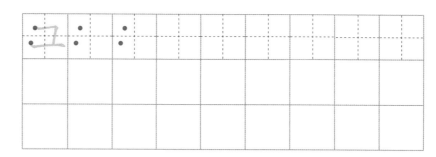

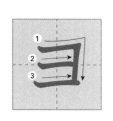

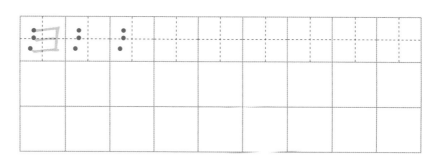

單字練習

タイヤ【tire】 ⓪ ／ 輪胎

ヤード【yard】 ① ／ 庭院

ユーモア【humor】 ① ／ 幽默

ユニホーム【uniform】 ③ ／ 制服

ヨガ【yoga】 ① ／ 瑜珈

ラ 行
【ra】

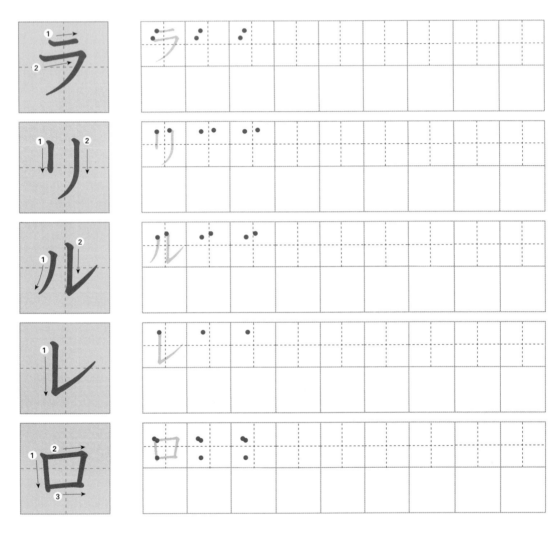

単字練習

ラジオ【radio】 ① ／ 收音機

カメラ【camera】 ① ／ 相機

ミルク【milk】 ① ／ 牛奶

テレビ【television】 ①
／ 電視

モデル【model】 ① ／ 模特兒

【wa】 ワ行 【n】

T-41

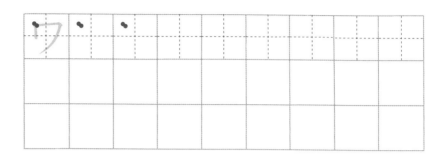

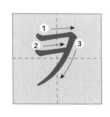
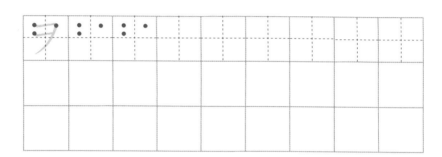

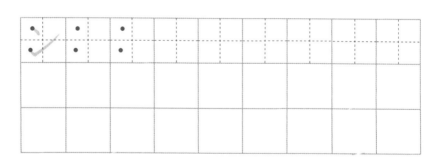

單字練習

ワイン【wine】① ／ 葡萄酒

パンダ【panda】① ／ 熊貓

ダンス【dance】① ／ 跳舞

ペンギン【penguin】⓪ ／ 企鵝

サンドイッチ【sandwich】④ ／ 三明治

109

找找看吧！裡面藏了多少單字呢？把你學過的單字，全部都圈出來吧！

ナ	ー	ス	コ	ク	ネ
カ	オ	ツ	コ	キ	ク
ノ	ウ	エ	ア	キ	タ
ド	シ	ス	イ	ス	イ
ア	チ	ズ	ケ	ー	キ
ヌ	テ	ス	ト	ニ	ナ

ユ	ー	モ	ア	ヨ	ヒ
ヨ	リ	ヤ	ワ	ガ	ム
ル	ホ	メ	イ	ホ	フ
レ	メ	テ	ン	ト	ベ
テ	モ	デ	ル	マ	ッ
ピ	ア	ノ	ミ	ト	ド

ガ行【ga】 ── ● 練習寫寫看

ガ
ギ
グ
ゲ
ゴ

ザ行 【za】 ● 練習寫寫看

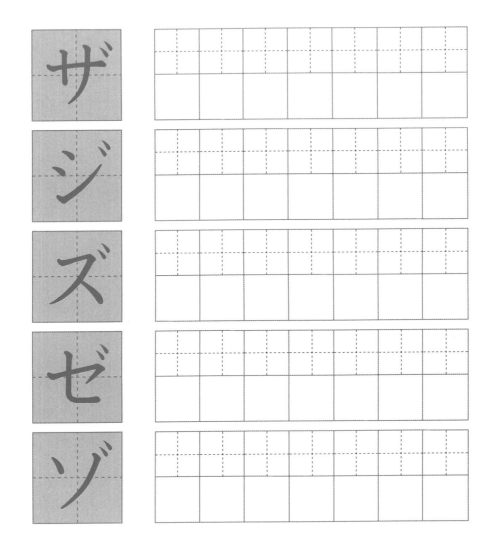

ダ行
【da】

● 練習寫寫看

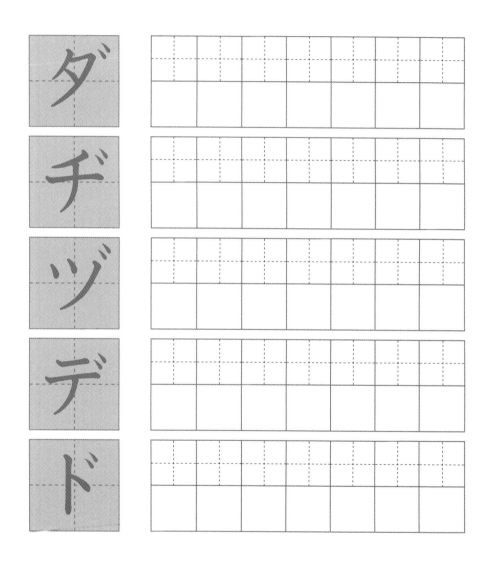

ダ ヂ ヅ デ ド

バ行
【ba】

● 練習寫寫看

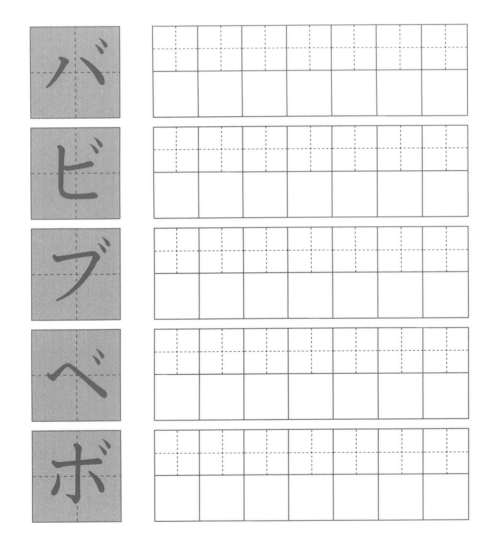

【pa】

練習寫寫看

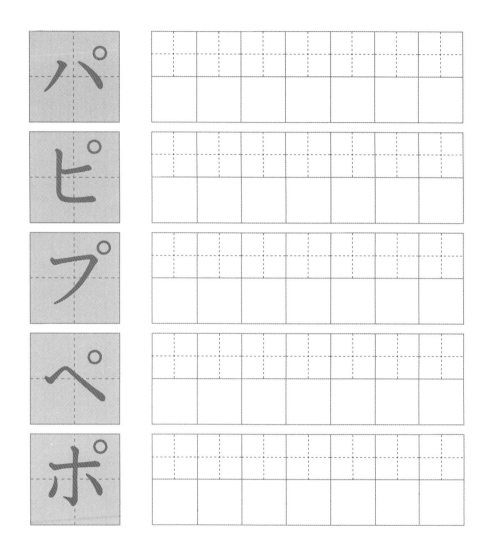

拗音 ── 練習寫寫看

ス	チ	ュ	ワ	ー	デ	ス					

シ	ャ	ツ									

ジ	ョ	ギ	ン	グ							

キ	ャ	ベ	ツ								

ジ	ュ	ー	ス								

 **促音** ●── 練習寫寫看

ス	リ	ッ	パ								

ベ	ッ	ド									

ト	ラ	ッ	ク								

ホ	ッ	チ	キ	ス							

バ	ッ	グ									

長音  練習寫寫看

ス	カ	ー	ト								

コ	ー	ヒ	ー								

ケ	ー	キ									

タ	ク	シ	ー								

プ	ー	ル									

生活日語練習一下！

1 天天說的日常口語日語

- 你好 ➡ こんにちは
- 早安 ➡ おはよう
- 午安 ➡ こんにちは
- 晚安 ➡ こんばんは
- 謝謝 ➡ ありがとう
- 不客氣 ➡ どういたしまして
- 久等了 ➡ お待たせ
- 不錯 ➡ いいね
- 好吃 ➡ おいしい
- 好可愛 ➡ かわいいね
- 拜託 ➡ お願い

- 真可惜 ➡ 残念だね
- 好久不見 ➡ 久しぶり
- 下次吧 ➡ また今度ね
- 再見 ➡ じゃね
- 不好意思 ➡ すみません
- 好睏 ➡ ねむい
- 我回來了 ➡ ただいま
- 開動了 ➡ いただきます
- 再一碗 ➡ おかわり
- 我吃飽了 ➡ ご馳走様でした
- 晚安(睡前) ➡ おやすみ

2 用日語耍酷一下吧！

- 加油喔！ ➡ 頑張ってね
- 不要逞強喔！ ➡ 無理しないでね
- 好帥！ ➡ かっこういい
- 我們走吧！ ➡ レッヅゴー
- 太幸運了！ ➡ ラッキー

121

③ 勵志日語隨口說

▶ 夢想不是用來看的，是用來實現的。
　➡ 夢は見ることではなく、叶えるものだ。

▶ 失敗不等於結束，放棄才是結束。
　➡ 負けたら終わりではなく、やめたら終りなんだよ。

▶ 包在我身上。
　➡ 私に任せてください。

▶ 想改變的話，一定要付諸行動才行。
　➡ 何かを変えるには、自分から動かなければいけません。

▶ 幸運是當你機會降臨時，你已經做好準備了！
　➡ 幸運とはチャンスに対して準備ができているということだ。

Answer 解答

あ行練習

iu→いう
ao→あお
ai→あい
ie→いえ
e→え
au→あう
ue→うえ

か行練習

か→6個
き→5個
く→4個
け→8個
こ→3個

さ行練習

え→き
い→す
す→し
か→さ
う→そ

た行練習

くち
つくえ
て
うた
そと
ちかてつ

な行練習

なつ→夏天
にく→肉
いぬ→狗
ねこ→貓
いのしし→山猪
なす→茄子

は行練習

か	さ	あ	た	ほ
は	い	い	し	え
へ	ふ	く	せ	き
う	そ	か	つ	の
い	ぬ	う	ね	こ

ま行練習

め　うま　みみ　あめ　すもう
me　uma　mimi　ame　sumou
眼睛→1.馬→2.耳朵→3.雨→4.相撲

や行練習

直

1. ゆかた　　　2. つよい
3. ふく　　　　4. えき
5. うま　　　　6. やたい

横

1. ゆき
2. へや
3. やま
4. つくえ
5. かさ
6. くつ

ら行練習

1. き
2. あ／く
3. ま／まつり
4. いく／くるま

わ行練習

き	へ	と	な	に	ん
さ	つ	て	も	ぬ	を
た	ち	く	る	ね	の
そ	し	さ	い	ぬ	は
せ	す	こ	け	は	ひ
た	お	さ	く	へ	ふ
か	ち	か	き	ほ	て
え	え	お	み	ま	も
い	う	あ	む	め	わん
あ	う	よ	や	も	ん
え	こ	よ	ゆ	わ	を
えん	り	ら	り	ろれ	ね
り	る	い	る	れ	る

聴力練習

濁音・半濁音

例：かじ
1. ぺらぺら
2. かき
3. ふぐ
4. てる

5. ぱあ
6. す

拗音

例：しょう
1. きょう
2. びょういん
3. りゆう
4. ひやく

促音

例：おっと
1. せっけん
2. にし
3. さっか
4. ぶか

鼻音

例：えん
1. かんじ
2. なに
3. かんたん
4. きん

長音

例：おばあさん
1. せかい
2. とおる
3. おかしい
4. ゆき

片假名練習(大圖)

1. 例：ドア
2. マウス
3. コート
4. テスト
5. ノート
6. キス

7. ペンギン

8. シーソー

9. カー

10. テレビ

11. カーテン

12. ポスター

13. ラジオ

14. ユニホーム

15. ダンス

16. ベッド

17. パンダ

18. サンドイッチ

19. キー

20. ケーキ

21. ミルク

片假名練習(表格)

ナ	ー	ス	コ	ク	ネ
カ	オ	ツ	コ	キ	ク
ノ	ウ	エ	ア	キ	タ
ド	シ	ス	イ	ス	イ
ア	チ	ズ	ケ	ー	キ
ヌ	テ	ス	ト	ニ	ナ

ユ	ー	モ	ア	ヨ	ヒ
ヨ	リ	ヤ	ワ	ガ	ム
ル	ホ	メ	イ	ホ	フ
レ	メ	テ	ン	ト	ベ
テ	モ	デ	ル	マ	ッ
ピ	ア	ノ	ミ	ト	ド

馬上會日語 02

MP3

發行人 / 林德勝

作者 / 蔣孝佩

插畫 / 廖穎恬

設計‧創意主編 / 吳欣樺

出版發行⋯⋯⋯山田社文化事業有限公司
　　　　　　106台北市大安區安和路一段112巷17號7樓
　　　　　　Tel：02-2755-7622
　　　　　　Fax：02-2700-1887

郵政劃撥⋯⋯⋯19867160 號　大原文化事業有限公司

經銷商⋯⋯⋯⋯聯合發行股份有限公司
　　　　　　新北市新店區寶橋路235巷6弄6號2樓
　　　　　　Tel：02-2917-8022
　　　　　　Fax：02-2915-6275

印刷⋯⋯⋯⋯⋯上鎰數位科技印刷有限公司

法律顧問⋯⋯⋯林長振法律事務所　林長振律師

定價⋯⋯⋯⋯⋯新台幣199元

初版⋯⋯⋯⋯⋯2016年10月

ISBN：978-986-246-451-9
© 2016, Shan Tian She Culture Co., Ltd.

著作權所有，翻印必究
如有破損或缺頁，請寄回本公司更換

賓果卡 （請沿虛線剪下）✂

連線了嗎？用50音玩賓果，你也來試試看！

一、請任意填入25個日文平假名，最快連成三條線的就獲勝囉！

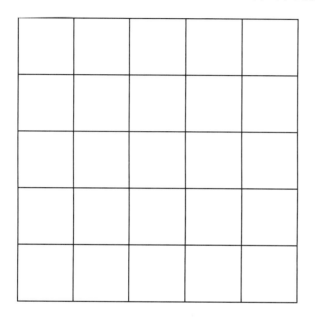

二、請任意填入25個數字，最快連成三條線的就獲勝囉！

桌牌 （請沿虛線剪下）

各就各位！製作自己的專屬桌牌，就沒人敢篡位啦！你也可以用不同顏色的紙做喔！

粘貼處

粘貼處

粘貼處

粘貼處

名片 （請沿虛線剪下）

發揮你的想像力，製作專屬於自己的名片吧！

賀年卡 （請沿虛線剪下）

謹賀新年

50音卡收納盒

（請沿虛線剪下，再依實線翻折）

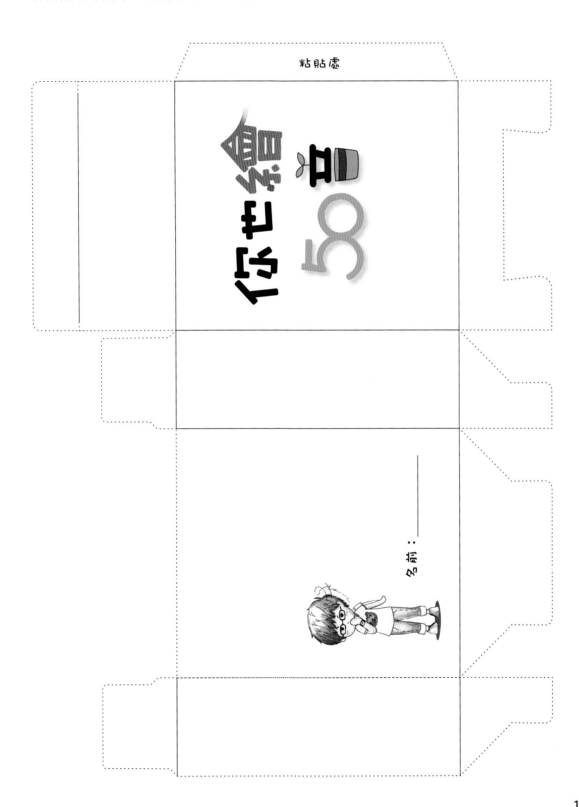

あ　い　う　え

お　か　き　く

你也繪
50音

你也繪
50音

你也繪
50音

你也繪
50音

你也繪
50音

你也繪
50音

你也繪
50音

你也繪
50音

け

す

こ

せ

さ

そ

し

た

你也繪
50音

你也繪
50音

你也繪
50音

你也繪
50音

你也繪
50音

你也繪
50音

你也繪
50音

你也繪
50音

ち な

つ に

て ぬ

と ね

你也繪
5O音

你也繪
5O音

你也繪
5O音

你也繪
5O音

你也繪
5O音

你也繪
5O音

你也繪
5O音

你也繪
5O音

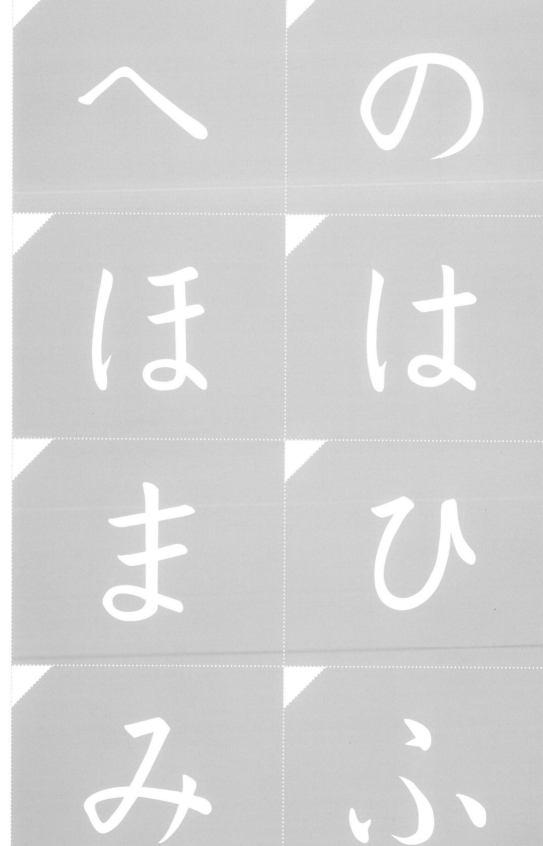

你也繪
5o音

你也繪
5o音

你也繪
5o音

你也繪
5o音

你也繪
5o音

你也繪
5o音

你也繪
5o音

你也繪
5o音

む

ゆ

め

よ

も

ら

や

り

你也繪
5ο音

你也繪
5ο音

你也繪
5ο音

你也繪
5ο音

你也繪
5ο音

你也繪
5ο音

你也繪
5ο音

你也繪
5ο音

五十音卡（請沿虛線剪下）

を　る

ん　れ

　　ろ

　　わ

你也繪
50音

你也繪
50音

你也繪
50音

你也繪
50音

你也繪
50音

你也繪
50音

你也繪
50音

你也繪
50音

オ	ア
カ	イ
キ	ウ
ク	エ

你也繪
5o音

你也繪
5o音

你也繪
5o音

你也繪
5o音

你也繪
5o音

你也繪
5o音

你也繪
5o音

你也繪
5o音

ケ	ス
コ	セ
サ	ソ
シ	タ

你也繪 5o音

你也繪 5o音

你也繪 5o音

你也繪 5o音

你也繪 5o音

你也繪 5o音

你也繪 5o音

你也繪 5o音

チ

チ

ツ

テ

ト

ナ

ニ

ヌ

ネ

你也繪
5o音

你也繪
5o音

你也繪
5o音

你也繪
5o音

你也繪
5o音

你也繪
5o音

你也繪
5o音

你也繪
5o音

ノ ヘ

ハ ホ

ヒ マ

フ ミ

你也繪
5o音

你也繪
5o音

你也繪
5o音

你也繪
5o音

你也繪
5o音

你也繪
5o音

你也繪
5o音

你也繪
5o音

ム ユ

メ ヨ

モ ラ

ヤ リ

你也繪
5o音

你也繪
5o音

你也繪
5o音

你也繪
5o音

你也繪
5o音

你也繪
5o音

你也繪
5o音

你也繪
5o音

ヲ
ル

ヨ
レ

ン
ロ

ワ

你也繪
5o音

你也繪
5o音

你也繪
5o音

你也繪
5o音

你也繪
5o音

你也繪
5o音

你也繪
5o音

你也繪
5o音